頰杖のつきかた

阿部嘉昭

思潮社

頬杖のつきかた

阿部嘉昭

思潮社

目次

フィルムの犬

ス／ラッシュ

頬杖のつきかた

写真　魚返一真
装幀　思潮社装幀室

頬杖のつきかた

フィルムの犬

自：二〇〇九年二月　至：二〇〇九年五月、ブログに連作発表、
ただし「これからの2」は「連詩大興行・星の産声の巻」に、
「江永県女文字の女子」は「ポエームTAMA」62号に発表

これからの2

リリー、　ストリッパー
世界はひらく果肉
中心からべろを出す
あけがたの毛饅頭
そういうものを頭にかぶって
脳のニコチン受容部を遮断
ますます棒や好々になって
（喉が痰でいっぱいだそうだ
そくらてす　と　そふぃすと
つまりは間断なく　そ　を過ごした

にれがみのきさらぎ
われわれは流れる芽吹き
そ山を麓から照らし
蠟梅から梅へと地表を泣かす
中洲では後ろ向きになってもみて
(一個の昼間とひとしい自分
クリックひとつで
後姿がみんな顔アップになる
ひゃくまん女のサイトをおもった
(それでほろほろ泣いちゃった
ひらけ、セサミ、背中にまだない蟬
自分をはぎとる腕も停めて
これからの煙草の　永遠の中断
裸いぜんのげろっぽい迷路にくらむよ
自分がネット残雪だとしてそんな

雪のようなものも跨いだかしれない
《私が私「に」》の「に」が
数字の2になるように調節
ようやく岐路に似た素顔をする
――二見ヶ浦に立つこと要だ

朝の過ごしにしくじって

朝の過ごしにしくじって
以後のタダが点線になる。
むろん点線とは野獣、
直線をはすかいに斬る自己暴動。
それで部屋へまだらに生えてくる
灰色のユーカリをかじっては
午前の終わりを
ささいな紫に瞑想したりもする。
(火だよね、 ゼブラは。 ペンは。
産褥でもないのに

思想の母になりたくて
うんうん虻を唸っているのだ、
羽音が尻にあつまれば
蚊柱をうんこしたりもして
ますます独語、菱形になり
スペインの扉がそびえてくる。
アナちゃん、こんな全身勃起に
いなきのくびれがあるのが恥しい。
菰を着るのではなくて
わたしに着られる菰になって
寸前の気合もってしても
まるで敷居を渡りきらないのだ。
あしらえずぐるぐるまわる。
南回帰線とか何とか。
とんでもないとんぼのようだとすらおもい

眼の嘆願をたしかめる。
ばかだなあ、脚の一本多い
木蓮びとを探すなんて。
とりわけそのなかの処女を探すなんて。
からだの泉を膀胱に下げて
小学生時分を織ってみると
ひかりものの配剤が足りなくて
ひるまに酒がほしくなってしまう。
いけませんという部屋なかの
帽子かぶりをあえてして
この大体が麦びかりに向かう。
そんなときに禁煙ばかめと
一服ふかしたりしてさ。落ちたよ。
ばらばら落ちるものが
とっくに木の葉ではなくて

この部屋の春予兆、ばかめ。
煙草一本をつつむ翅のようなもので
幻覚のクラクラ日記つづく。
知るのではなくあるのだとおもう、池は。
あらかたがけむりのかたちしている。
そのかたちに尿もれすらしたかもしれない地図は。
それで鯛のようにくさって
でもいっぱしだからこーひーなぞをのむ。
こういうのがでもんすとれーしょんかもしれないが
示威と自慰の同音をわらってしまう
チューブ状のわたしだ。解禁以後のわたしだ。
絵具喰ってうんこするような
細菌はよしもと的なわたしだ。
ともあれ春時分に
ぷれぱらーとを顕微すると

呑気に花粉にかえってしまった蚤などもいて
みけんがしきりにゆうえんになってゆく。
おいどこを咲くんだねこやなぎ。
猫の跳ねない範囲におのれとどめてさびしかろう。
香気とはあるしゅ高慢の辛気だな。
ただそれはわたしの嗜好でもあるので
そんなもので午後一時は縦じまになってみせる。
もうひたすら縦じま、囚人服。
このからだがヒトヤだとすれば
牢獄もここに届く春の便りもさやさやと嬉しく
みつを蜜すすりて鞭毛たてまつり候。
点線に毛がはえてゆくように
複数化したわたしは驢馬の隊列かも。
詩史の一角を牧羊性でかためて
なおかつ砂漠の交易を捌く。

花束と魚束をやりあっては
ヘンに脇腹へんのさわいでゆくのが
のっぺらとつつがなく
親鸞の念仏なめて鞭毛たてまつり候。
暑い国の宗教特性如何。
そのあたりの犬のように雑種となって
怠惰の功徳が説かれるのであろう。
うらがえして犬の肉球の
六つの菱形さみしい。
夢殿にならぬ余り肉の嚢。
風呂敷のように畳める存在だから、
その耳裏にチューをしてあげる。
けだものの春のぼけたにおい、
にっぽんの狐や鹿のひろがり。
うすぼけてたなびいた一服後は

眼底のたいらも淋しい。
こんな平面でうごくものに恋して
なんの上映なんだ春は。
この犬のしびれののち昼寝は菱形あつめた。
なんの夢なんだ春は。
もうべんべんべんとゆくしかない、
琵琶寄りのスイーパーホールドだとおもう。
眼がやたら濡れているけだもの（♀）なら
鼻のあたままで舐め尽して放置プレイ、
乾きが痒いと愁訴するまで
畳のうえにずべらぼく。
門から門へ愁訴があるのではなく
門そのものがアへぐずる。
たしかめに菰のままでてみる散歩だろう。
一歩がたちまち三歩になって殖えのわたしか。

水辺舞台のぴんく映画が

記憶のわたなべくん家で
水辺舞台のぴんく映画が
芋虫のようにぷるぷるしている
まだ若かった葉月蛍の肌が
とりもち以上に吸いついて
いつも鳥の肋骨が
飛翔ていどでも割れてゆくんだ
太陽毛への十五度の視角
ばさりばさり墜ちている
へもぐろ瓶をかついで

血の匂いあふらさんと
あぶさんの亡霊もぶらぶら
女のなるべく長い後頭部を探すが
滅多なのか探ししくじる
銀座線神田駅の煉瓦
まるで叩けない、糸になっちゃって
セーラーリボンに猥らにからむ
おさげ髪なら土俗へ引っ張った
そんな九円札の悪意だよ
とかいいながら長芋の生
くうきに触れて嘘が真っ赤
そういうもので股間うずめて
どっちがぶらぶらしてるんだ
ふうりん状のもの狸のあそこ
けれど他人の勃起もみとめた

犬の自己解体もながめた
みんな浮世風呂の湯気
笑えるほどつましい死を競う
弁別があらかじめ死なんだって
おかげで片栗の群生にいて
「わたしじゃない」の震える輪唱
いっぴき熊がにひき熊になって
けっきょくは尾っぽが主役の
歌の倒錯じゃないか片栗
じぶんのべろを舐める苦労して
発声なども断念しながら
「だいいち熊など関係がない」が
つぎつぎ冒頭に発祥してゆく
へんな満漢の世紀だなあ
五族のうちの二族がうたう

そういう女学校の音楽室さ
ながいかふうのかばんなどはね
やっぱり毛だらけなんだよ
この世が炭鉱にあふれていたころ
花をはこぶトロッコの日曜があって
シャンソンはそんな午後に
貴婦人にもたれて聴かれた
竹針をとりはずして
ちくちくする子供も流行った
さあっさあっと駆けてゆく
軒下のまばたき
雲の峰のように不必要に発達した
光陰さんの性欲
水辺舞台のぴんく映画が
芋虫のようにぷるぷるしている

メロウ

とつぜん気づく、メロウとは目蠟
「見ないで知る」ことらしいのだ
眼の先三寸と内三寸、その両方に跨る
間延びしたじぶんの寝姿を笑いつつ
その釈迦寝にはらはら落ちる蕾などを
鼻の奥までひといき抽象的に吸って
ひそんだ髑髏の中央を灰赤にする
日和ひそかなわたし供養らしいのだ
でも濛々としていては明後日に悪い
けむり吐くじぶんの死体などは

とおりすぎる鏡にも飽きるほどある
そんな茸をひかり支持の道具にしたけど
なんだ結局じぶんとは目的じゃないか
鉢に雪や厚意をうけるこの歩きのかたち
瀬の付く場所ばしょの　流木の淋しさ
他人に接がれるじぶんの何かは
たぶん天の穴や音響に類するものだろう
とうに烏賊のように軀の固定なくして
花の波をながれる春も近づいていたが
旗となるまでもちあがってみないか
という戦場の誘惑がやはりまぶしい
とはいえ一反木綿になりたい世情は
地球の自転に沿おうとする絶望だろう
草も「見ないで知っている」らしい
意外にそれらは消滅をかたどるのだ

「見ないで知っている」ことは消滅に近い
そんなものが茫々と千万本ゆれて
あの春は一体いつの春だ（眼鏡をわすれた）
地域の陰毛のはじらったうつくしさ
抽出すべき少女体もかぎりなくいるけど
ランドセルが繊毛化しているしるしが
賛美歌のように自己再帰しているかだろう
渦をまいている日中の死角に欲望も似て
椀の軟骨はよく煮られているけどのこした
春の空間の底は花びらを受けるため
ごみを咲いているとは桜もおもっていない
魚満開の樹があるとただ詩書も告げるだけだ
一週は　にこちん不感剤と自由喫煙の併用
じぶんをふたつにするこの陰謀に
みずから目的となって加担をくりかえす

けんめいにこの鎮静癖を洗浄しているが
その意味でわが身も程度問題の草だとおもう
というか植民時代よりさらに往古の
せん馬がかけぬけたパンパスの嘆きだろう
魚の樹のしたで泣いていた蒼い数頭
その数頭でつくられる輪の寂寥、冠は何
そんな冠をじぶんにもらいうけて
のこり数箱に換算される煙草を吸い
メロウ、と感慨をただもらしている
ありふれた午前のじぶんらしいのだ

青い陰嚢

風呂の渚でニコチンをこそげて
あすはサイロの日和らしい
塔ばっかりの見透しなど
春の便りにぬの泣く八紘
だから証書を帯びて秘密歩くと
身のきんいろもいよよ長引く
引くものを投げた網にして
空を下げるやつが花の中心だ
音符のうすぎぬを贈った
それが女のはだかなのだから

豆町　粂町　豆腐町
柱時計を燦爛するもの誰だ
めぐらす昔とむかし
謙譲は糸切り歯にサックする
まるでしゃべりがたくなって
腰の細骨も薙いでみる
崩れる処女性に相好崩して
軍艦も茉莉っぺと腹だす
この勿体ぶりがたいらだなあ
最後の急場で視界もひらけ
しのぎ返す紫電ら散乱さ
ばかげた誇りのために死ぬ
おとこたちのけつ穴の八角
昆虫のように愛したことも
もう藤ばなのトンネルだ

都合三十のおもいでで
冥土すみれも暮らしてゆける
車道に日々の水をまいては
霊速の牛車とおせばいい
（みんなきんいろだろ　なあ
辻から町の拡がりを算え
塀の囲いで世も華やげば
あとのおもいは窓のみとなる
その限定から雲をみつめて
みつめがいっそ紫となるころ
ひとり知らぬ間の独眼となり
しかもクレー以後ならば
キュクロペスも橙にちぢんで
何か糸のように揺れてしまった
ちいさいものは神、の信念で

細部に宿ろうともするけれど
すべては歴史の反故紙だ
花粉まざる水湧にあつまった
いっそ川に流せばいいのだけど
この青い陰嚢が果実めいて
久遠久遠と風を嗅ぐのだなあ
盃干すてふあまのかぐやま
まはだかのまま遠吠えになる
ぜんたいで一個の序列なさんと
頬瘦せを競い唸りつづける

ロボット

朝の定型とは
窓辺に落ちるひかりのかたち
摂食用具の三種のかこみ
朝のなかの朝という
最小の領地をも指示するものだ
直前のねむりをふりかえる
ふしぎな手暗がりで
皿に生じている岸をみおろし
頬白の声ならフォークでなぞり
枯葉のにあう伴侶とともに

芹などの笑いを食べて
カーテン越しには
河骨のゆれる群生をのぞむ
さざなみのようなものを
脳裡しずかにひろげている
いずれにせよ死後を嚥下して
内壁の繊毛をゆらし
のこりの歌唱をこれからの
楽譜のためにただ取り置いて
いつも精確に半分のみ
腹くちくなることだ
子午線だもの
陰陽でなければならない
縁のあるものもこのむ
四角形にこそ食欲が湧くので

いくつかの器具をつかって
調理法を測定法に変える
釘がしろい根菜を
四角くするとも知っている
ぎんいろのセロリだってそうだ
そういう残余のないもので
テレビからの光線を減らし
おもかげにちかい味を
ステレオの口腔で泣かせながら
四月用のネクタイを
合間にはむすんでゆくんだ
眼で愉しむ料理のために
林なすブロッコリーのかたわらには
おんなのこを立たせる
野菜以上の裸ならなおいい

美味しくみせる白靴下も履かせよう
伴侶は何もいわない　空洞だから何も
静物を描写しようとする
試みの意義もとうに消えて
あるいはかたちに音を食べているのかも
営為はおよそそんな引用なのだろう
飲用のくだもののある空中をながめ
すこしは視界に希望みちびいて
朝のうちにも行ってくる
ほんの近くへ　みちを引くために

パンジー時計

耳のジステンパーに
犬は迷聴する
うすむらさきの春意が
やがて聴かれる
初めの来訪者は
まだかたちをなさない
菌関係の禁書を
胸におもたく寄せるだけ
鼓動を圧する気配のみが
扉まえにおごそかで

オルガン音の巻くそこ
どれだけの古代が
くらげに重複しているか
二階半へノックする
忘却へは波動する
そのための単位
スカート原基
幼女の紙くずのような
尿意をもって
乳業が道路わきに
風をかよわせてゆく
そんな子持ち罫の周囲に与せず
つめたい起床ミルクをもって
迷ったこともあった
階段が蛇腹楽器となる

このべらぼうな迷視も
犬の疥癬のものなのか
コントラバス室どこ
渡り廊下のさき
フルート室どこ
学校廊下の整理棚に
たぶん大陸棚がある
春の匂いは海藻からという地方にとって
烏賊盗人の失踪が担任だった
担任はだからまだかたちをなさない
泡ふく黒板
地上三メートルには
天かすも咲き乱れ
世界がお好み焼きになるのを待つ
事件によだれする

子供たちの想像が馬鹿だ
粉線の稚なさも
ヒトデ泣きに似る
でもわくわくする遠足は
蛸足配線のほどきではじまる
黒い大道　湿った土のびる
黒道湿土が王道楽土にまさって
空腹までのいま何時
あれ眼路のさきも
パンジー時計でいっぱいだ

杜撰

わたくしという一個の直接性が
たふれれば杜撰、という音がする
だろう夕暮電線の悲哀に
相変らず発語の疲れ（雀）がびっしりと
滲むようにまつわっているから
もやもやと蝙蝠の気配なんかも出て
やがての世界、きれいだなあ
蠟燭婦人状や傘などをおもって
垣根ごしにオナニーする
青めいた鹿だわたくしは

きっと誰かの袋であろう気もする
葱坊主のズラかぶり
買い物にゆくのだ宵になって
抽象かけるハンガーを買うのだ
縊死の練習にしずくを借りる
おまえとおれの旧いたくらみだ
プールサイドのヒョウタン先公
みなに丸ばかり打ちやがって
解答がすべて半チクの馬鹿には
トータル採点も12△と表示せえ
ならば教室の半分もつるつるで
スカート女子が辞書を片手に
カピタン引いてコケるから
カピタンとね　杜撰となる
丸砦という苗字の同級生

いたような気がする　いました
丸顔だから眼鏡が面白かわゆく
台風でもひとり登校してきて
あらいぐまらの蠟燭責めにあった
場所はとうぜん階段の踊り場
目隠したちが蝦の踊り食いを
このんでいた暗い命の悪所
脇にきたもので可憐な発句も散り
このとき五七五の妙味を知った
もう転校しちゃったけどね
なんて話をおまえとしながら
雑貨屋に行ったけどハンガーなかった
やかんあった　あかんやった
なので太腿に2桃はさんで
ジュクジュク遊んだ午後十時まで

夕飯食べなあいと長く叫ばれて
ふと縦笛のわれに返ったけど
吹く唱歌はカーテンになかったな
もう翼だって禁制的にあらあな
毛深くあったかいけどね
妄想を裏罫のように深めて
異語をはなって滑り台で降りた
スリルゴナカムと
だれかの膀胱のように割れて
ちゃぶだいも水浸しにしてっ

春だった

ゆれるものを添えて
懇願はがらす窓のはなかげ
わたしが分岐するのも
胞子として浮遊して
定着の床をむしろ他方に見定めるから
(——あれが春だったね
初花で徐々に庭が明るむとき
庭をてのひらのうちにした。
手をむすぶとは底をむすぶこと
毛のはえるだけでまだわかい娘には

そんな庭の秘儀がわかっていない
うっそうと弁別がふえるまえに
記憶の翅のせいで死ぬ
記憶の半飛翔もあるのだ
（いずれにせよ独居に無駄は多かった
紙風船などまめに叩いては
通常よりすこし高い視界に
うっすら翅を想像してゆく。
ゆるりと点火されていった
西方への井戸（書棚、
読むものすべてを
わらいながら疾風に投下して
刃となる智慧のみ
その行く末を追うように
（汗のにじんだ肌を思考で矯めた。

だれだって矯正が要るとはいいえ
一瞥で読まれるのが淋しい
からだを織れないのなら
仕種だけ草じみて折ってみせる。
風のかくしどころ
割れやすいもの　ふらじゃいる
愛についての事をしながら
決然とある範囲にとどまろうとする
それというのも日陰とは
本来的にはかならず青いのだそう
経験が視覚をあざむいている
その場所で眼前のきみを
眼前性をはぶき待っているんだ
ゆえにこれは壁ではないとおもう
むしろ壁のようなものを耳にする

ある内偵の立ち居（耳の散逸、
わたしが現れないと泣くな
そういう声さえ聴えなくなって
待望の廃駅が馬の場所に現れる
機関車を走らせない恋愛事もあって
とんねるや風穴に向かうものを
孤独の代償で予期するのだ。
草を分けるレギオン（耳の散逸、
つまりは曇り硝子になった、
それが春だったんだよね

植物ポンプ

春の悲惨は寝床にある
あかつき闇に上体を立てれば
ぼやけた身のまわりには
いとでできた小間物が
無惨というほど拡がっていて
夢の正体をどうこうするより
すでにわたしの頭が植物の花冠に
睡眠時　不遜にも入っていたと
告げられるのだった。
目深に何をみたかと問われれば

同時性の絢爛たるもつれ
(白藤のふさの鉛直違反のようなもの、
因果は刹那にして果-因へ覆り
ひとつのくだが他方のくだも兼ねる
その植物の王国状は川の水を
一瞬で切れないほどにも擾れきって
枝と根にさえ区別がないのだった
(粉だらけを就寝のための服装といえるか、
転倒や変換などもザラで
腐葉土すらその蓄積を身に恨みともって
いずれは男か女かわからない睥睨になる
土が視る――だから割を食う空が盲目となり
一望がもうウラ、カな天下でないとすれば
それも流れによってさだまらなくなった
ひかりと系図の　莫大な陰謀へとくずれて

男女いずれであれ眠る者の性器を
ただ上位をなさんと植物界へ吸いあげる。
何者かはじらうひとの井戸汲みともなる。
無人称が地軸を引きあげるかわりに
土からはじきだされる虫も無数で
それらが草にもみえてしまうとき
われわれのいる場所は
すでに発端のないらんびきなのだ。
季節また季節
うでもまた「かひな」と訓じられ
探して朝靄を伸びる蔓となり弦となり
楽器とも植物ともつかぬ混乱が
心臓を取り囲むようにできあがってしまう。
(この胸郭は容積ゆえにうつくしいのか、
——しかしもう心には気持など入らない

きょうも生きて目覚めた照れとともに
起床感慨がそのときの血圧に支配されて
心臓なら徐々に居場所を隠しはじめる
性器と合って心奥が溶ける、
これが植物状の無意識なんだという。
風の場所となるが音はない
恋の場所となるが愛がない
わたしのからだではなく台座が錯誤で
風媒にまかせたこの猥らな生も
わたしが消えてすら風のように延長される。
起きてから一旦は植物にもどる
この不本意な永遠とおなじく

さくらえる無国

一汁一風を朝めしにして
ひらけてくる天窓もあるのだから
衰弱がそれじたい輝くとしても
それを鍋にとどめては膝に抱くのだ。
七草終わっても十草がある
鳴るわれわれも草仏のかたち
じいん革命の斥候として野に千人、
千人で切る通路だけ野に運んでは
妻子のなさを爪楊枝に仕立てつつ
花冷えのさくらえるの枝を泣く。

美歌を代入できない譜面の音変
花芯を恥しくしたさくらえる天変、
股に囲っていたじいんじいんを起点に
ちいさな乳首をかすめ
建築から紡績へ手がうつくしく崩れて
手許というものの閉鎖寺がとかれる。
いったん振向いて執行人を確かめるのが
習いおぼえたわれわれの無頼だった。
四囲回転のろくろくび運動
とりわけ鳥かごの東方を
やがての藤棚の地にもすれば
約束にいたるまでの始終には
なつかしい花変の野があらわれる
蛇たれと胸から腰にかけてを滲ませて
そうして机前に溶けてゆくのだから

脳を刺激で定位する篇なぞは
もぐり流れて野の暗渠にでもなればいい。
われわれは渡りのかげ、あふれでる甘露を
おんなの顔に踏みつけて天を翔ぶ。
自在なくして何の自由だろうか
翔びつづける天自在、風自在
観音になって観音から出ては
粉砕されて粉になる死時のまぼろしを
われわれは温存というか受胎する
そのためのじいん予行として
暗い陰翳にこのんでカレーを炊いたのだ。
鍋というインド。草と乳だけのカレー。
こんなものを川べり歩行の胃にして
物乞いでない胃抱擁をたがいに刻む。
恥しくないからさみしくない、

ひっきょう養性はこのことを語るため
秋までの体位を野に展覧している。
おんなと植物の双方を知るための椀がつづき
包囲と同音の方位さえも酒にまぎれてゆく。
神的暴力が風と一緒に酒を呑んでいる。
シバ回転のようなつむじが巻き上がり
まだ小指のちいささで野から巻き上がり
詩のために履いたスカートが巻き上がる。
天自在、風自在、もうわれわれに頭部なし
すでにして布の　さくらえる無国だ。

もくもくと紐が

馬車的になって坂を駆けおり
（このごろは一々の動作が重たくていけねえ、
（がらがら鳴るだけの神輿じゃ、
その午後　色彩が
ずんぐり肉の面になったとおもう
（もう面が色彩で、色彩が肉で、
ヘンに陽が照りすぎていたな
けだものの匂いにすら世界が分割されて
それら刻々を写すのに、
素人画家たちも手一杯だ

（ダッテ世界ハ生成シテイル、
川辺　あふれかえっているね（水で、
発展する女　価値がまんぐりがえり
もくもくと女ではない筋肉まで
家がらすには湧いてきて
くるまざ後のひとときが軍港状にすりかわる
糸とか回虫とか
哀しみのようなもの（分けあって、
春だ、もうずっと
手許三寸にとらわれている
（耳トトモニ　手ガ一杯ダ
粉　粉　粉（に姿勢がしばられる。
緊縛椅子　大展覧
流水にさくらを散らす背筋の余裕もなく
数本の煙突で北西の空がとがる

古臭いマンガ家さんの街にもいて
草むらに脱げた同級生の靴を
あられもなく妄想したのかしれないが
馬の首筋を馬刺しにしたいなどと願うのだ
（たてがみや20世紀の線が好き
少女画報にはそんな鋭い線が満載されている
廊下をあるく爪先の軌跡もみていた
（だからおまえを上履き自体に格下げする
（ステーキのそばでまどろむがよろしい
それでどっちの（赤）が
先だったかがわからなくなる
左右のわかる場所が身体でしょう
スカートだって画報だから
（中身だって極彩色動画だから
紙芝居には毛がはえてまるで立ち行かず

肉色もつるっつるっと後頭部に繁茂して
思想がはげる（冬の山河が消える、
食べていないのに腹くちたじゃない
きっと昼寝の蜜の吸いすぎだとおもう
女ことばの語尾砂漠を導入するならば
おもわないわよ　おもはゆいわよ
校内通行には崇高な停止かけられて
持ち重りのするものが肉体なのか
はたして職員室の討議もすすむ
くずれた乳房を撫でがちな
永田耕衣好きの小学生（さらっちゃえ、
逃げるときはけむりを出せばいいんだろ

ビニール印刷

隠喩生成装置のために
透かし見する欲望のために
ビニール印刷が格上げされる
春のボッティチェルリ
そんなものを顔にぶらさげて
にんげんはキッスがしにくくなる
けむり獣並みだ28センチの希望
だんだんオークションで得るものの
重量が軽くなるのも春で
軽羅や菫、 みすぎて

色素遺伝子流出による退化もあった
会陰部には別に目玉がはえて
きみの凝視の姿勢がずいぶん恥しい
そんなにM字開脚で見るな
それがでも画家だ（白い、
表情もやがての藤棚
えぞざくらは終わっている
こんなスキマ家具の妖精セカイ
丸みを帯びているデザインが
入学式の講堂トイレにもあふれた
ゆで卵の剝身で女子性がつくりなおされて
パウル・クレーのグリッドが
美術的な次段階を狙っている
ミライの排便は音符のようにあかるいだろう
ナオミやリリやベリ

せせらぎに負けじとうんこして
せせらぎに劣らぬ便器洗浄ボタンひとつで
うんことともに自身も消える

(木霊、

そういう厠が林間にあるのが
ウォーカーみなの希望なのだ
長かった鶏鳴の長かったなかを
眠らぬよう杖ついて木道わたり
木道と杖までもをしずかに混同し
歩きフォームがもう(ト音記号、
藻のようにあるべき拡がりに小さな貝印も一杯で
パステルカラーとは
抒情で自慰が泣いているということだ
メジャーセヴンを弾かぬ決意
ケでない晴の日にも

ナオミやリリやベリ
パラソル隊を渡し橋に放って
まずは晴れ渡るセカイ全長2キロの質感を
よりぴかぴかの透明ビニールにし
そこに淡色の小文字まで印刷して
おりじんなきおーらとするのだ
(わたくし=本、わたくし
らぶはテニスのゼロだから
フィフティーンラブも愛の目標にして
目糞鼻糞、眼が糞をわらおう

数え唄

ゆうがたがヘンに部屋にあふれちゃって
九尾猫とともに気がおかしくなる
都合四つの鏡が真夏以上に照りかえって
連動を強化するがその意味もわからない
(ほらほらそこに恥しい姿をみろよ
はじきだされるのも一個や二個の西洋ではない
梨のかたちをした　ダンボール製の叛意
体毛に伸びきった愛人的挙止の自堕落などが
鏡面決壊にともなって続ぞく粘液団子となり
位を決定するためまるで三粒もながれてくるが

三の数字に自明なように
北座標がそれで消え
台所を失った恰好で
窮屈な座位をする羽目にもなった。
双頭のわしら　総統のましら（そんな家おかしい
鳥目じゃなくいさり眼で潮目もばんばん読むと
ルウをながれてゆく鰯のさき黄泉だってみえて
（無残というのは鈴が森ではこんなことなのだなあ
スカートによってすでに女子も起立を解体されていた。
一文のように立たしめてなお助詞を抜いたそれらが
女性性のアンブレラ　吊り卵巣のシャンデリ亜
熱風が下から噴いてくるので恥毛いよいよ愛しく
伽藍の股をみあげると水菓子交わす晩餐の図
百人ぶんのようねんも頬をうつくしく染めていた。
粗鬆症が東海道跳び箱を象形するそんななかを

風以上に自在に翩翻してくるものがもう欲望で
くるう体位もあふれる海藻（みるみる、
それほどいてのまさに次段階（るいるい、
事後的に過去反照に「なった」これこそが
対立的な回想すなわち反証じゃないか
——もう体位なぞ。（さいさい、
こんな星夜のばあい「柵」の字の向こうに
数匹の柴犬（柴犬じゃない）を感知する想像力がよく
わしの感管も花管としての機能に拡張的で
見ることが　触ったり孕ませたりする過誤にもなって
危険回避のためお白州のご指導で
以後歩行は数羽でするのが常ともなった。
饅頭買うと数分の一が数個くる　ご破算掛け
抱いた饅頭の数も一挙に夜風よりふえるから
八州を往く関さんたちで関東が八方形になってしまう

（わずかな北方はそんなつくし尽くしだった
なので幾何学的な高級やくざもしきりに額唐をいう
その匂いを嗅ぐために　まず膝を抱えるという
二十年もしなかった懐かしい仕種までして
斬りおとした自分の頭を尻に敷いてそれを夕焼とも視た。
脇見しかしなかった者が「そのもの」をみる、
こんな盲郷愁がレトロ資本の操作で流行ったから
墨子集団なども次つぎ変死体で発見されていったのだ。
ならば単純な体位でよいではないかこの櫓も。
もうあらゆる美式も。

はんけちなまず

水面にある実体と水底の影、
この双数性によって
水が無となるように
おれと透明とがとりあっているのだ
右にゆれれば右にゆれる
こんな相もかわらなさを
ゆっくりした純粋でほろびながら
はんけちなまずが春をおよぐ
もはやけむりとなるまでだ
尾鰭はふるくから抽象にして

方向づけも念力による
魚偏にゆいいつ念の旁のおれは
ひげをたくみに
中庸にわけいる道具にしては
女の平穏を提灯にしてきたのだ
それでおのれの夜など照らせといったのに
性器だけが普遍に照った
あれは頭なきねむりのすがただったのか
草のあいだ
念仏の契機（是色、
おんなはおんなであることによって
それいがいともなる貴いふるえ、
鉱石を股にくみこんで
総体の磁気も畳間ときそう
そんなめぐりから風が湧いて

あえぐ玉門冥府だな
（魚の空中通路など
水から跳びあがった勇姿ならまだしも
中空でのおれの脇見は
みられんようにせんとな（太陽だから、
ひらひら流花たちまちに硫化して
おれのみおが銀だらけ
さかなと金属が水面にはしごつくって
そういうものが往年からのきらきら
そこにはまる漁夫も多い（釣れない、
なずき、おれの脳は
去年のいちじくでできていて
紙の端のようにすくなくなりはじめる
自慢のおよぎもかるくなりだして
虹の年季がはいるかわりに

ながれでる架がかなしくなったともいわれた
ちくしょう、まだうまれた新風なのに
もう受信期のみえた流失配線か
しかしころびみちびくころも偏はいい、
いうなればおれも　むつき
ながれの糞を吸いこんで
ほろびのように肥大する
糞ならばうぐいす色がいい
天の声をだすそれらをうけとめたい
おれのはんけちがみえなくなるまでは

フィルムの犬

(蜂の知るところを知るのが
大切な道だとはおもうが
犬は自身に懐疑的か絶望的だった
(たとえば蜂が寒いと感じるのは
同じものに接したときだが
犬は同じものがもう嬉しいのだった
同一性をひきずっている棒の自分に
同一性が頰寄せて棒の世界が自足する
棒と棒、こすれあっては性交のよう
だから「時間は停まれ」もすでにないようで

自身の真芯に鎮座　（その鎮座が犬だった
（アカシアの白い花の林ばかりがつづき
蜂は蜜が冷たいものだと知った
人知れず死ぬとは自己の「死につつある」を
存在の奥で認知するために起こることで
このばあいエイズだというのは十分条件だ
（犬死は自身の同一性に酩酊した者へ訪れる最期で
その効果はまさしく他者への展覧性にある
誰にも例外はない　（反射もまた法則だから
この意味で不幸も予期できぬのではなく
予期できぬ場所にある一切が不幸を構成すると
たとえば子供のカピタンなどはおもっている
嘘だね、と犬が考える　その体表が娯楽だ
（となるとフィルムも　花粉や黄砂の舞うなか
具象物を避けるように進みながら

ヒロインと相手の性交描写の渦中で
多角形の犬の食餌をインサートするようになる
(何かのかたち　何かの何か
重複にすでに泪が兆していたとすれば
あらゆるかたちが泪になることもあるだろう
(だから犬の挿入はフィルムに必須だ
(砂地に録音機を埋めるような挿入が。
(犬の玩具化なら交換可能性の付与に始まる
そのなかで最も娯楽性の高いのが
時計ばりに臓器関係を交換できる犬
蜂は順列がわかるが犬は序列がわかる
序列が同一性だからで娯楽はそれを組み替えて遊ぶ
(時間はそうなるともうその内部に対話性がなく
それが同一であるためにはぽつねんと
動くものの内部に落とされてゆかねばならない

時間に輪郭をあたえる意図ならそうなるだろう
（フィルムの犬はこうして映画内に安らうが
むろんそれは犬や新緑中の道標ではもうない
彼の使命はみられるたび即座に忘れられること
（菌糸的なものが自身にあるのか
あまりよくわからず春の木陰で交尾してみる
牝犬は性器以外が自分にすごく似ている
（おぼろだ（フィルム内部が主題系で木霊しているのか
（犬の定位がどうあろうと（反射もまた法則だから
（おぼろだ

江永県女文字の女子

手鞠椿がいっせいにしおれる
晩春神の腋臭のすごさ
一角の春は枯れ色がみるみる多く
それらに不意を繞られて
裏庭のながびいた繚乱もある
(ざあざあする擬音つき、だ
ふたりのようにまるでひとりなのだ
府のかたちした喉の栓をとれば
もたない手持風琴が音づれてくる
この手の自在、三十本

阻止するロコモーティヴもなく
息だけ釣鐘の肺に張って
いつも精確に十秒まえを抱きしめながら
波及的にわたしが殖えてくるのだとおもう
魔方陣の菩薩運動
この爪の驀進地には、（蠟の瀧だ
誕生のための破水もふってくる
唐突な川べりにだって菖蒲がみちて
一角の男色も紫がみるみる明るい
犬なら藤色になってしまう
男児として風呂に入っては
けれども不如意が日傘をまわす
とりわけ肘の角質を洗いこそげて
去るひとのかおりを自らに追い
唄いつつ流れた爆心地の祇園だった

「ちんちんを頭の位置に
T字逆立ちできますよ
あなたの門を閂しませんか
そうやってくさくなった靴下を交換し
女の子とは本当の友達になる
その立ち脚の組みかたも（女）の字なので
クールだなあと江永県女文字をおもう
けれども多くは焚書で縛られた
弁当箱や肺、
そこに筍いろの花畑まで投函されて
唾液のスポイルが完成してしまう
（なんだ、伸びてゆくぞ自分が、
遠足のどこへいっても敷布は野火で
どうしてか懇親がいつも焦げるのだ
灰を撒くようなつもりで

さっそく女ともだちの睫毛を舐めて
感覚内の毛虫をおぼえる（いとしい西だった、
それもまた性的刺戟のタイポグラフィ
きっとぼくらはあすの算数のために
カラフルな音符数字を発明中なんだ
解答といっしょに歌が鳴るために、
①小ゆびで雲の輪郭をえがく呼吸
②ねむたくなるようなかたち
③五線譜上のお化けにも使える
そんな細部の相談を静かにした
マッシュポテトの載ったケーキ台
この輪舞の範囲も麗らかだから
大人みたいなせっくすなんかするもんか
（だから小ゆび　とか　お化けなんだ
せつせつと降る斑点を脳髄に振っては

天花のむせびをむせびつつ往くわれら
だれとだれの狼藉（かれら
安保ていどには指の数もあって
信義則に似たたがいをまさぐる
なんという約束　恥毛が連翹
これなら晩春が黄裏を見せつけて
来るべき菩薩風にも帆を立て返し
未来を四重に孕めるじゃないか
とまれそんなに淡い臍下だったから
無声タイポグラフィを下閉じに印字、
きみの想像上の一歩一歩もみるみる帯になる
ひろがってゆく、　廊下のように
（まったく書かれよ
エチエンヌ＝ジュール・マレーの妄念、
少女と馬とに何の区別、　という

ゴダール的な命題だって魯湖を走りゆく
そういうのが　追憶の縮緬じわだ
世界のこずみをあんまして
ということは三十本同士で包みあって
およそ九十の関節がぽきぽき笑う
ニーチェ以来くりかえされる
機関車状の愛着がここにちかづいてくる
あるいは号泣のための
ひかる馬車が

たまご描かずして

身のうちに女が棲んで
眼前は鬱々とつづく葉ざくら
白米を椀に食べている
食べることが碑文だともおもう。
暗愚は知命いらい眼のなかの胃で、
紙によるわたしもおよそ
飛んだり飛ばしたりする
舎利、破砕音の通信だった。
ざくりざくり
破れた鱒を頬張りながら

一挙に二倍の背丈へもってゆく。
辞書のように自分に立ち塞がって
尻などの後ろ姿もみえる
から気分がただ食欲だけになる。
喰えないものの雲に乗りながら
豆などは黄金のため
皿へ千倍にしてながした。
駅、骨の駅、
牛にして反芻は回数と算えられるが
半回がフィルムのつなぎ目に似て
内面も牧草よりか上映されている。
食べるにひとしいまぐあいがある。
こちらは味噌をめしに塗りつけながら
腋臭のぼる東北を
塔にして撲滅している。

この食べる身の　藁の縒りかた
あせがわたしとおんなをながれ
具は女川の若布だというが
何も汁で雌雄変換することもない。
おんなにとどまって鳩尾は
しらうおのとおさわぎ
借景が性交のこつだとしても
壁をたおしつつ一食がすすむ。
贅言はない、茶のすすりまで
醤油も最後にたらして
食後の背中の向きを決める。
ぼうれいがこんなにくうか
おれじしんがつけものじゃないか
反省して樽を抱いてしまう。
この恰好で座敷牢なら

さなぎねんえきのとおさわぎ
こめつぶの範囲もしあわせなのか
葉を折って遠出の恋をする
そんな見立てのゆうげだろう。
喰うと暑い、この季節は
めんどりの写生にしくはない。
たまご描かずして
思念をたまご型にするのが食事だ。
「意味のある生」をあぶられて
ゆるり、身の意味もきえた

麒麟ユーゲント

流域と流域が逢う
南の忘却のあたりが
日の衰弱になつかしい
高低差を尽くす予定で
あるくそばから蹄が
草へ変わってゆくあたり
心許なさの正体もいずれ
部位連絡の不活発に
あると知って（なげいて、
こんな程度の肉の孤絶で

愛着や奥までが崩れた。
（消えた望見だな欲望など
めぐりの青葉には首を回し
からだ一個が緑星にたいし
ただのちいさな憮然とした
「忽然」だと悟る場面、
等高線に苛立って
タクトを振るような首の上下も
音の塊以外を摑まされて
銀的な停止になる。（交響曲ではない
高原のぶよ鳴りが聴える
（ああそうか場所違いの麒麟だ
立ち往生が草獣的に決着した
この身への身の宿りは何だろう
わたしとは何重の網、非知の輪

不意のまま承認を語られて
捕獲される面倒が明るみに出
だから陽だまりから陽だまりへ
ただ移る自身は誰の映像だろう
割り算が身をめぐっていて
歯がなくなる夢をみました
覚悟がもう舌だけとなって
これからのあまた果実には
壮大な腐臭もいろどってゆく
腐敗のゆっくりとした速度
ざらざらの黒い舌をかすめ
甘くやさしくとろけた実が
口腔でまぼろしをおどるだろう
(八高線の山中の引き込み、
その味覚は北半球で

こんな雲を見る慨嘆に似て
首の長さや斑点も（計算尺なのか
流浪の度がもう過ぎたようだ
（ああそうか場所違いの麒麟だ
底にかばん百個が
きらきらしている高麗川
逃げた者の総体を追えば
ユーゲントのごときかともおもう
麒麟ユーゲントはみな
かつて百頭ほどで場を割った

穴を響かせる

ずたぼろは袋で、袋はわたしだ。
わたしは河原の行人をとつぜん自らの穴につつみ、
風を聴かせ、それをもって愛とする。
世の中には風穴がいっぱい、
ただ肝腎なのは風と穴すら同じということだ。
それと春に考えるべきは
抽象すれば　内在するこの臓器も
ものものしいけれども機能個性をえながら
それぞれ穴を形成している点だろう。
わたしの内部は星でできていて

その夜空の模様が細かくなればなるほど
愛がやるせなくなってしまう。
だから愛はどちらが他を併呑するともなく
袋と袋がからみあって
それがまるで家というように風路をつくる。
そいつがざわざわ鳴る。共振。
昨日食べたものが　いしずえとも知る。
卒業時や七〇年代に内部とみえたものも
穴の概念を活用すればすでに外部となり
内外の弁別が無意味とさえさとって
世界構造もクラゲだの海綿だのに範を移す。
ただようのだ、春のおわりには。
においをのこしたTシャツ（衣料的な穴）に
わたしの空身を容れて
土手などをゆらゆらしながら

気づけば買い物などを達成しているべきなのだろう。
うつす、といえばわたしは
眼瞬きに自分の表裏の刻々を写しながら
いっとき持続して、ひかりの穴に入らされ
身を宗教的なあまりとまでされて
自身が自身の影になっている。
音楽とはこの状態だろう。
わたしの心はわたしの軀を刻々撮影し
世界ならばそうした個別性の超越として
結局は非人称カメラの位置にまで擬制される。
だが本当の撮影とは布教に似て風の行き交いなのだ、
撮影隊はそうして撮影日誌の不意のみをおとずれる。
あるときの蓮華、あるときの李、あるときの菖蒲、
それらが追憶の穴となっては土手をゆれて
天国だの極楽だの浄土だのの厚みがうまれ

結局は眷恋も水郷だろうということになる。
撮影のまにまに交換する、
わたしの像とおまえの像。
像もひっきょう穴だと知って
そんなものを交換の執着にする世の中の
その死後がいよいよせつなくなるが
風とともにあるていど生きればもう
受け入れるべきも死だけなのだった。
愛する者の心臓をつかみだす、
そいつもまた風や星でできていてうれしい。

ス／ラッシュ

自：二〇〇八年一二月　至：二〇〇九年二月、ブログに連作発表

想／行

朝鳥が器楽のように落下してゆく、
清々しい眼のまえの峻谷を。
世代の責任をつかい刹那に閉じる。
安らごうとする葉まで閉じる。
金の記憶に温存された頁がこのように。
不在に向け　想の域にできあがってゆき。
私は　使命の反射する位置に一人だ。

春なのかもう脳を囲む頭蓋もない、
夏なのか熟れ麦が収蔵された軀の嚢を。

醱酵させれば異臭も繰り出すだろう。
鷹の脇腹のごときものすら考えている。
ばさりとやることが伐ること。
背後の森は　乱伐を推移する、
色によっては描けない進行表となった。

くるぶし、果実か星に似たもの。
自分自身では折れないので歩く。
紛らせる一帯は地形的にも単調で、
地図掲載のすでにまえ長湖と呼ばれる。
骨の棘にもならなくて行は散乱する。
想。咳にしえないこの喘ぎを。
うっすらと昇ってゆく「ならなくて」。

墨染めされた東西なのだろうか。

可能態に藍が集められるのを俯瞰すると。
東風が撫でる別状までとおく感じながら。
都市に糞尿が銛あがるのを鯨視する。
端倪は手前で断たれた。愛の崖の実質、
観音水が湧いてホトの類推もみとめた。
敷居が斜めから迫るとは。こういう南極だ。

一者が一氷という明眸が自分にない。
単純な死にならないための割れる命が。
この獣性に希望されている。そこを。
沿うべく歩く浜辺が要るといえば。
倒錯だろう想／行。自らの僧形も波に撒く。
寄せる季題まで執念《しうね》く衣に縞なした、
そんな対峙があるとして一体誰が？　何が。

王／答

王／答する、手足を機械にしては。
準備のまえに　とりわけを応答するのだ、
些細なものに悩殺される経緯を瑞兆とし。
停ちどまる陽だまりのなかへあふれる。
何か花弁か可変のようなもの。触れのもの。
よって伝言が支配的すべてだとも考え。
明日の限定を今日からの紫紺にまず代える。

粗布へ血を塗る。白くなるまでの逆理。
この手作業のどこに伝言があるのか。

私から私までの距離を迂回に置き。
ふくらんだ空隙をただ南風にさらす。
はえ。粗布に血を塗る。眷属をしめすために、
私の背後からの言を前面に伝える。
通過の媒質に。煉瓦の隙間がなる、私の。

積み立てられた学びの塔がそうして鳴る。
変成の語を女子にあたえた無反省の堅牢。
何ものかに追尾されますます王制が確定し。
数個の瓦解を歩く。まみなみへ。眸／波へ、
この隔てに算える陋村の賑わいが花なら。
貧寒に耐乏いがい待機の静けさも知る。
即身となればいい、げろを吐いたのだから。

身の楯。縦に身を立てて針葉がとがる。

頑迷にわだかまる一体内のもつれ、月領。
襤褸を剝ぐような指さきに貧は愛されたい。
それが誤謬への接線のふるえだろう。
何か風のようなものを虫がつくりあげるが。
音かもしれない。こしかたへの眺望は。
背を丸めた王／党。とりあえずの千歩は、

案外なのか雑多なものを拾いあげてゆく。
人形を人形領にかえて二三のスージー。
アメリカの瞳を硝子せよ。罅を入れられる。
そのばらばらで反射姿勢に奥行をつくり、
目先をも埠頭にして孤立の寸分を試す。
魔手のものは魔手に返せ。それは旧い。
むろん起源より旧いものは。汲むだろう。

灰／憶

指があるということが記憶に関わる。
記憶とは身だからで、この身体に異論の。
あるわけもない。風により襤褸になってゆくが。
後背に大きな花がありその位置をピアノに弾く、
配置のわだかまりを旋律の不如意に置き換える。
私のハイチを聴くのか。耳で一を多にするのか。
お前はお前らは　お前らでない無配の芳一は。

かつて炎えたものは　円状だと謂う。
円形は周上の全点から終焉性を消したもの。

無限の円運動を擬しつつ中心への収斂により。
終止をちらつかせる政治の技法。布陣はそうある。
ならば消火とかゾンビの記憶も政治の問題だし、
政治とは無頭性に投射され歴史の問題にもなる。
この丘は炎えた――この例文からこそ円をえがけ。

結局は指を開いてみせることで開闢とする。
俯瞰/微視、闢一字の「ひらき」と「はじまり」。
不服な者は最初に何を摑んだかを。
いま無を摑むことで反響させねばならない。
あれはひかりの下にあった浜茄子なのか。
おもいだす。私の髪は記憶に関われず　冥い、
丘に斜めに立つのはいつも投身の予行だ。

焼け焦げのある髪や着衣に　一局の進行を。

そう慈悲を乞うて木霊したものが天幻となる。
地に倒れる動作が高速撮影で分解されて、
一秒後までに。叫喚する天使が群で摑まれる。
分析しろ動いているのは灰なのか花粉なのか。
風を花粉の道筋と呼べば開花が到達なのか。
人間を哀しむまえにロボットを哀しめそれも予行だ。

丘への点在的居住がヴィジョンとなって。
まずいのが距離を沈める廃屋の幻影だったりする、
ハイオクで満タンにして走破した愛の無謀は。
廃屋を相互に抱けない未来の村落になってゆく。
灰／憶。カリブ海を見下ろす崇高な浜茄子。
破れた壁板を擦る性技の記憶と。回転の疲労が。
均衡しないのは矛盾？　そこを身が落ちる。かぜ（に）。

終／寝

墨東の位置から私の愛犬行為が出てゆく。
北島へ。子殺しメンチでふところを暖める。
ペンチを取り出し義の掛け金をはずして。
十二月がデコ救急車で繁忙となる宵は、
病んでも長江だ。川沿いに武道を高めねば。
骨に骨を当てる着衣を古老に注文し。
川の漁火なのかバク転を繰り返してゆく。

紺だ。古典をかたるくちびるの見事な。
転回の種類に革命がありマドラーで鳴門回し。

ボルトのモダニズムに石灰化した昭和よぎり、
醤油の圏域は歩行すればただの廊下だった。
愛着を知らずして何の義賊。仁王の顔で。
愛着のかずだけ初学が杭にくずれてゆく。
ここはそんな夜霧で、身で身を佇たせられない。

巽の方角に性交用の蒲団がかさなっている。
あれは何の城、宦官も化粧すればとおもう。
肝癌のような顔をして坐る。座薬に銀の鈴。
星を眺めるための眼ぐすり。菫を見る望遠鏡で、
くすりを嗅がせるということ、そんな抒情だ。
点眼の液体。就寝まえは寝台で何度も泣く。
くすり（笑いの擬音）に囲まれた賑わいを。
修身。このような明示性がそこに終審した。

終／寝までの幅だろう、見果てぬゆめも。
ゆめ凍るな鶴の羽ばたき。停止してはならない。
田の土手のようなもので装飾の連なりを夢ム。
してみると鳥の胃の内壁には刺青が似合う。
曙光を裂く声でこそ到来が叫ばれればいい、
先行者のやくわり――やくわりのたてわり。

髪を濡らしたまま就寝する季節がいつかを、
戦略が彫ろうとする。起きれば我々も歩く。
香炉が奥津城にある関羽たちの陣地。
水の縁をもとめようして縁が焔になるのを。
大過去の犬が見ては　冥土にもち帰った。
土産のようなものなのか、身体史の帰属は。
終／寝までの幅だろう、風位に拠る詩作も。

黙／精

木から搾りだす、今夏の蟬のへばりつきを。
木から木へ渡るそのひとを隊商とみて追いかけ。
渡る植物のさざなみに靴が自然に割れちゃう。
眼がもう木目だ、この眼差しを kill 伐る削る。
眼球の半／径は主観的にもう地球とひとしく、
おがくずが回る眩暈がひとしなみの過去だろう。
木曜からずっと吐気に栓をして閂状のアタマ。

木から木へ渡ればひとも鹿だ、逃走が伸びる。
木陰では木製のカップを愛用し木犀茶を飲み。

朴訥な木星模様を舌にえがく。木篇であれば良い。
木片は変態は三人で一人の老婆が箆もって笑う。
トリモチでねばつくてのひらですべてにタッチ、
やっとのことで次走者を音盤に返す——往け。
／／／虹の彼方に巻き込まれる彼と木目の相関だ。

そう、木目が虹となれば森も憂いの産地だろう。
三人の木で森、の安直。あつまりは喉のつまり。
木を喰った。檜の香りでたらしこんでゆく勃起を。
没木に代えては炭化の歌をえんぴつの道中にする。
ゆっくりと回しな抱き手の土星輪（中に届かないけど）。
ことしの稲も実をはがされて老いたる藁たばだ、
年越しはサイロに棲むが腐臭とならず気を堅持する。
ナイフかたわらに木製の自負（削らんとするアタマ）。

いつからきゅんと伸びだしたという嘆き「も臭え」。
藍色の夜あなたが大事にする木製ケータイほしいなあ。
どこと通信しているんだろ牧場のラジオ牛と同じか。
あなたの／／毛を剃ってあらわれる木目ほしいなあ。
木より出でて木に還る黙／精の how to love に、
ゴーストがぶらさがり。森は泪の一夜に収める。

してみると木は収納の誘惑だな木のうろをさがす。
室内もそんな設計にして漏洩や木霊だらけとなる。
黙りの三歩を耳にしたと、おてまみを挿すのだ。
伐採バッサイと往く者の神らしき挿頭／と、
／紙への手の翳しがぐんぐん近づく一致が怖い。
黙／精、木の避難的な擬人化には静かな火をつけて。
恋慕を後悔に代えた払暁のティータイム（怖い）。

結／駅

蔦で表象された脛佳し、悪神たらんよ。
信義を願わくば泥水に浸かって西へ渡る。
鯖街道と縒るいっときの湖西線を廃棄して、
波紋のあくめ思い出ならずや。比叡を背に。
比叡を背に、巨大化するまがたまのこの有髪。
一人称が撫で　何もかもが大きくなってしまう。
なので小説も読めんな武器庫ぶくみなので。
悲憤脱腸。はらわたを寄生木に掛け休む春。
空洞を空洞が愛す陝西省。阿Qたるはの字の。

Qの字るねさんすの口髭が波紋型にも炎える。
ひとりのサボタージュを全員に渡らせる磁場だが。
林間を泳いで行路にげっぷの輪をかけるのだ。
わかめ。それも捨て。朝餉の如く散らかる君を、
しらばくれる。鳥兜の美しい色を開花するまで。

駅／舎というからには其処に棲む。何が通学が。
女学生のハンカチを敷き弁当開陳におよぶと。
臀部模様が同心円状な、円願寺の懐石らしい。
観音が仏と潤む春日では——私の臍下が禍福だ。
口移しに鶯の舌を往き来させては音漏れる。
高校生に無駄なのが位置論、対話に水がある。
淡水湖の中心では下穿きが哭いてもいる、
窮みの癌舌をおもうそれは変型しているか。

排便はしゃがむ淋しさ、西脇とは長い響きだ。
ラテン／漢音の　同源を誌した辞書の淋しさ。
図書室も西洋の没落にいざ暮れてゆく。
↓僅差をなぞるゆびの嬉しさ。↓視力少なし。
接吻をまえに眼鏡と眼鏡が鳴るアジアの都は、
どこだ。優等生が鄙を指した謎がうべなわれる。

にれがみだらけだ、我々の想いと客車の往来は。
京都の学園に向かった往古から続いている。
血液的なものだろう地上を連続させているのは。
辮髪を掛ければ朝の各所が結／駅となる。
幾つかの門を抜けてようやく掟も背後にできる、
玄関扉からではなく窓から出てした物乞いの。
帰りはなくて　眼の先にはただ駅が結ばれてゆく。

辛／輪

不意に親／和する、くものすがきのやれたその時。
幼年から凬はつづく。凬というか空間の穴だ。
底のない桶で水を汲む劫罰のなかに女子はいて。
軀ひねり　流れる水の体側を　そのしゃがみを慈しむ。
ある歌を唄う声には　草原に透けきった厠をおもう、
塩の柱。振り返らない約束をして音の周囲を辿った。
胸から立ちのぼる煙がある、この私も墨擦りの音。

雲形定規を数多くもつ。呻吟して取り出すまでもなく。
男郎花がなびく永遠なら白の淋しさも古来、男のもの。

でも古来の白とは何か。九族までしか考えられない。
春を待ち草の焼かれるまで疑念の胡坐をかこうか。
キット崩レルネ初夜権ナド、だって雌株は夜に無限。
この成長にも雌株がありありとして　そうだなあ、
「女に／なってゆく／病気」。私もゴミのように綺麗だ。

鮑のもつ海の肉性。それが蛋白石の玉座に乗って。
割って現れたその淋しさを淋しさから食べているんだ。
この相補性がわれわれではないか——人も偽人も。
交易が資本主義を用意したのに交易は去った、
うずたかい鮑の貝殻から外見の古代をのこして。
摩滅がたゆたう。箔状の何かを通貨にすべきだった。
今宵　女になりゆく肌を削る「鉋にして屑」の万人。

あいだばかりを感じつつモーリスを読む液状体験。

淋しい子供も父母のあいだに風の場所を感知したとか。
あの風がずっと吹いて夢想が飛ぶ鉋屑となる。
鉛筆頭、消しゴム頭、友達も学校もそんなもの。
人が離れて立ちすぎているとお絵かきで叱言食らい、
いっぱいもやしを描いたりしたのが反抗の芽生えだ。
それが顔の崩れた神々になる。語れば神／話だろう。

淋しい物言い、「人の輪は人ではなく輪だ」。
陽光のもと日に日に薄くなってゆく向うの輪。
支持体に乗ったものがただ支持体を語る虚無がある、
びっしり遍在する円周点も自体的に回るものだろう。
それらは女の影で中心上に男たちもいなくなって。
この形をなさない車輪で馬車が此世彼世へと。そこに。
ひと紐になろうと立って身を絞る辛／輪もある。

幽／限

仕種よ。前提なしの無媒介性で緒言を開始し。
以後はひたすらの新規生産になるなど不可能だろう。
目玉おとこが舞う、目玉だけとなった暁に舞っている。
発眼が契機になったわれわれは　いつもいうのだ、
そういうのは《生まれたときのことだろう》、幸福裡に。
胎児の指間には一瞬水かきが生じ以後に消える。
刻印中、消去刻印は原理で、女もだから先験的だった。

げのむを問題にしている。哲学的円環性にたいして。
おのれをずれる記述束で陰翳や光源の生じる運動、

そのなかにたえず高速のＧＤがいて　地上は螺旋に似た。
助産と出産が同時の胎。基底となる胎を流線型に。
（どんな白に棲んでたんだろう　（そんなのも流線型に。
きんきらの対話ですべてがはじまったとして。
全体では何もない、しかし個々では――とも口ごもる。

冬の群像、その移動姿のまんなかの空白を畏れる。
何かを隠している　太古いらい沈黙は何かを隠している。
びっしりと書記がなされ旧い流動法則も破産して。
空間は畏れ多い頁にして帰趨を選択する。洗濯、
「今という過去」がそうして見えるしかないのだから。
われわれは膨らみきった股間を奇数に向けて擦りあう。
少量を嘔く――愛のように。肉体に新・規・性なしだ。
僅かを弾く幼女のゆびを罰する。有／限などまだ早い。

その掌は抜糸の型としてある。掌上すら糸だろう。
一挙手一投足の　この症状もみな意図なのだあがあが。
身の城を身代にして歩きすぎる傾向。聳立もながれる。
空間の外延性をまえに起立とはなんの否定だったのだろう、
哀しい弁明は　ズット立ッテイタヨといつも告げられた。
歩けばわれわれも百怪、すぐに記述不能の姿となるのに。

性交歩行。目玉おんなたちがそうして光景に分け入る。
それ自体が二項性である一身を否定斜線にはできない。
労働も花摘みをはなれず受け手を待つ。木霊が祖型だった。
木霊の幽玄。幽かな玄は摘まれた花であり／女であり。
座が設けられれば水夫を誘惑するサイレンともなって、
性交歩行が静止状態で進展してゆく。以後はない。
（もともと過去で以後はない）、いる場所がもし幽／限なら。

通／閣

苛烈でない美貌など値しない。
ネロ自身が炎上する美を覚える。
一巻の擱筆を内側に折りながら、
冬を捲りあげてくるその風に向け。
眼にも芽が出でて晴盲同士となる。
鯆の模様を測るための抱擁だった。
往年の往にならら王の散乱もあった。

渡しはただ二点を行き交って。
外延の様相を映す水面を割る。

血の虚構を行き交って、妹指名。
共墜落の刻々に痛／覚を見せあう。
地上にいて。あらゆる甲は葉脈。
逃げゆく鼈甲の水脈、灯スベキ。
卜占に今いる過去もベキラと出る、

運動の本質は付帯性かもしれない。
羽虫を連れ帰って背中が剝ける。
透明サイボーグを随伴しホテルへ。
この渡しを流そうと愛のホテルへ、
盛られる満漢全席——の体位。
ともすれば蠟燭の泪となるそれも。
やがて崩し字にしてぜんまいを見る。

らあげの脂肪分／べえぜの倒壊。

最後には　我々ノ草ダケヲ知ル。
簡単にはゆくまい真の知見は悪の、
収縮過程の倫理化にこそかかわる。
善導が巷を波打って。そこ梢の町。
この循環によって器官が失われ。
疼く通／閣も全身をあらわしてくる。

流星が幾つか、触るからだのなかに。
身体を類推してできた都市の煩雑、
そこに脆い魂で派遣されてきました。
見ろネロからだがたましいとなる奇異を。
黄を決壊させる異常を黄禍と呼べば。
私たちはふたりで極小政党――悼もう。
発火点／導火線、この連絡で痛もう。

動／衣

ただ未明であるための。ことばや腕を。
東にひらいて呻吟が書かれる。このばあいの、
うつくしさは　終わらないことにもとめられ。
たゆたってとじようとする何かも自ら割れる。
わたくしとは更新の証、たったそれだけで。
航路がしめされてゆく際は主観体の余剰が。
みた対象と感じた場所をつねになきものに織る。

——なきものに織る。秘法なのか悲報なのか、
しない・いないこの不作を記述に招き同／意する。

ゼロ起点もない。影と光に区別がないように。
洞をすすむ何らかの霊体の、おののきが移される。
謄写のようにある委譲。「それをこっちに」。
扉にたいする鍵として書くことの権限が問われる。
たえず。水滴が水滴になるときの上部も問われる。

ぽたぽたしている脳の　いくつかの葉っぱ。
場所——花笠町落魄字人魂24とその周辺だろう。
てのひらに蜜を付けた範囲だ。そこで蝶が追われた。
箔と紙の物質的同位。濡らして乾かす／乾燥で現れる。
その文字は紙背をあつめた光の。影からの浮き上がり、
なきものに織るわたくしはそういうものでも織られる。
ぽりねしあに散る家／郷でしかない自我とその内部。

厳命がある。（どうぞ平滑にならないように、

（目鼻あるかぎり詩文の顔も水面にならないように／。
けむりのない空を謄写版に移すだけでは無理なのだ。
移すくちびる。その非／火。これらに似ている悲歌に。
どだい書くものも穴となる。風穴と風穴の呼応だけ。
動悸因。いったん生じた模様も糸のように散り散りに。
運動の予行としてすべてがあり／ゆえにすべてがない。

収められず示されたものの一旦にして久遠の動／位。
「示」の字形には何か壊滅的な亀裂定着もあるが。
それがうごいている。女はわたくしを割り生じる。
はためくものを着せて。下の軀を悟らせないよう。
蜂の数々の名前を随伴させ　動／衣が書かれてゆく、
場所は花笠町落魄字人魂24とその周辺だろう。
水滴は落ち　なきものを織る。この時間の周りへ。

懐／体

——かつてめぐり終える、永遠夏の周辺。
あなたの代位・トワを会話にめくりつづけ。
光の質も木蔦となって何かの芯を巻いた。
いない・視ない厚みの奥を半開性に知り、
旱魃がゆるやかに死者の瞳を渇かしてゆく。
熱線のさむさ。ぐれごりお、変身の譜。
和音を昇ってゆく不協の蛇＝音楽がいた。

68年だった。半ズボンの膝に貼られる、
切手の罰を憶えている。幼年が大事だった。

北航路に積載された多くの衣裳箱を想う。
片端から箱を開け　奢侈の歴史を嗅いだ。
小説と香水がきらいで針穴もとおしたが。
往復の穂というものが内耳にわだかまった。
「手紙になってよ」、愛語がわだかまった。

針穴の向うに約束がある何という空間。
わたしらは机上の砂礫を歩き前方に執した。
ペヨートルでおのれを減らす感覚が羅針。
泉をみつけ簡単にヌードにもなったが、
じつは自星を脱いでいた。軀を梃子に。
自星の盃をも　蜜のこぼれるまで傾けた。
売却だ、魂の尽くされる道に背が横たわる。
美しさなんて瞳に乗せられた蜘蛛だろう。

精のあかしが　動物性の星のようなもの。
他慰はそこをさわる。鉛直も替えられる。
わたす腕が橋となる　輝きの室内もあって。
等高線以上の何の見栄えでもない私は、
「ただの温度になれ」と命ぜられた。
そうして水銀の口が水銀を吞む。37度。

淑女の要件はすくなくとも二季節の融合だ。
とりわけ春と夏が重なる場所のゆらめき。
そんな境にやがて藍の雨もふるが。そこ。
麦穂が子ではなく黄金を懐／胎して。
忌みの解／体も得られた。見渡すためには、
見張塔を葡萄の地へと誇らかに走行させる。
収穫前だが　掠れた時衣も数々読まれた。

樹／苦

広漠な針葉の樹林から。生ずる火の人たちは。
呼び名もなければ冠位もない。髷に囲まれて。
眼が閉じられたり開かれたり。笑いもほぼない。
編み靴をもって樹から樹へと渡り、ましらの挙動。
対象がただ四囲であるという理由で　矢も放つ。
愛は精液の分散。分散が国家に変わるかたち、
成員が拡大と縮小を繰り返すさまに開花も視る。

集団の端に軍馬がいて。飼葉と水桶が付される。
敵襲にたいし軍馬がまずおめき成群形が変化する。

そこでは群形の周囲こそが「乗られ」、炎となる。
不服従はわがこと、不寛容はわがことにあらず。
一旦兆した略奪と放火も地にしるす変転とし、
こうした即座のために定着的な旗なども要らない。
叫ばずに斬る／伐らない。天籟とともにただある。

女を小脇に抱え　この人がたに情が集まると知る。
人がたなのだった女は。やりとりで磨かれる。
交換だけが物流の慣い。交換には外部が終始あって。
その外部も不可侵。だから金色の子を取りだしたのち。
老いた女の屍骸も薪を抱かせて野に積まれた。
真の戦闘が反復にあるとき女が無意識を領している。
女の骸骨が本当の旗だ。埋めてある我々の地面だ、
膿めて熟めて績めて。甲冑と服飾の中間にある美。

ツンドラに苔が咲く春には　春だけを周遊する。
馬が殖え成群形の周囲が殖え。木霊のごときもの、
我々が無駄に行きつ戻りつする日を飾りあげる。
水没地の橋形の畦にこそ　恋が転がっていて。
百年後の鉄道のように情火が束の間を驀進すれば。
恋にも馬が必要となり。無領土が恋に焚かれてゆく。

結局は樹から樹へ往く影だろう、自身への専横は。
馬を駆っても粥に獣肉をぶちこむ食苦がある、
出口のない無欲に胃から灼かれて直近がおぼろ。
遠視のみを課して　風の渦に突破口を探す荒業は。
身に跳ね返って眠りの折には樹／苦をおよぼした。
異民を追ったが後悔はない受苦を戦闘にしたことは。
奪うための軀だった——この拡張こそが天与だった。

憑／意

篠鳴りの音楽。われを保つ耳を斬ってゆく。
やちまたは縦横に別れゆく寒風。卒業までに。
自由の不自由たる四肢をクラヴサンへあずけ、
翼琴／断頭台の類縁をも　古譜にたずねた。
氷が薄氷になるころ。魂が円形呪縛を抜けるころ。
蛇髪が眠りから覚めてゆく小さなポセイドン。
あなたの腸箱を陽にあける約束を憶いだした。
北向きの窓から百回入るとその奥は帽子の国。
表／意文字の　深藍の煩わしさが爛れている。

帽子の人は、おのれを囲み文字とはしない。
表音で「かすてら」などと呟き　あとは茶を啜る。
目深なものは何。あすは私の椰子に視線が届くか。
ふたりの羽根の蚤を月球儀の天上から落とす日を。
耳掻きにしながら夢見て。でも希望はいない、

内出血による顔の変型、怖い。廿楽順治の詩に。
そのひらがなに、戦前のハンセン異貌を見ては。
救いの方角にはけむりを吐いている煙突をみつける。
さすらっている物陰が千にいたるか。われら東方。
朔日にはいつも棒状に変身して祖父母も打つ。
綿菓子のような白球ほしいなあ。鶯の口あける、
スタンドの物干し女工に打ち返してあげたい。

くべつをしているうち爪がくるんくるんになる。

身体をト音記号にする魔術も概して怠惰が原因。
蛇腹のように伸び縮みする舞台の　二三の道化も。
太腿が張り切ってそのズボンすら映写幕になる。
変化する周囲から不動の中心を逆算しているのだなあ、
蚤めがねのまんなか　毛だらけの細胞さみし。
帽子の国は愛以上に牛乳少なくて真みず嘔いた。

尻尾がほしかったころ。帽子を暦に飛ばした。
春を告げる汽車が花粉を乗せ北上してきたんだ。
乗・り・うつって。目鼻なき事前のおもかげ、
発語が喃々と鰭振るを。他人事のように慈しむ。
名前以外のものになる鋏づかい。憑／依されて。
おとしごになるこの辰の囁きも耳に親しかった。
敗史を騙り近づくそして「君の意表までもらう」。

譫／毛

地衣植物の灰色。昨今が割れたがっている。
火灯しに人燃して　深閑とにっぽんの煙草。
漠然とした不安というやつが。巣作り終えた、
頬白の腹のしたたに別斑の卵として　いました。
一斑をもって全を知る、知らぬ禅にも転調。
叩き割り壺の支持性も識るが模様の亀は逃げた。
何処に？　となって我々の踵の羽があすへ疼く。

先行の形態は閃光だ。あだやおろそかな脳柱だ、
潜航は畢竟、穿孔を結果して穴だらけのみずうみ。

場所があたかも畔だったので女をずっと追尾した。
木陰を利用、迂回細道を盗用。うずまさの。
けっきょく女でなかった男の髪には水を垂らす。
私の斬首と　おまえの磔が　等価を得るか。
通夜に赴く遠き日をいまさら数える愛恋だろう。

詩に林に傾いてゆく。でも横死ではなく縦死を。
私の首が胴から離れる刻に真の縦、現れ出でよ。
飛んでもうごいてみせる鳥のなかの黒鍵三兄弟、
空に這う蟻なのか眼底が痒いのか悼曲も鳴る。
いずれをいまの酒にする。すでにして酌む「酲」。
頭痛のあらわれを軸紙にうつし雅な咳もする。
労咳の肺の模様を水にうつす老けすぎたノアだ。
もろこしをやまとに変える心意いずれやつれて。

頭上の岩を髪の一毛で受ける支点も探したが。
破砕破砕、脳漿の飛ぶ都に千古のわだち一杯さ。
鈴懸に文字どおりの鈴を懸け　不死も賭ける。
並木に歩く身をずらして分身が如雨露撒きだ。
「一体」を愛す罠に落ちた　東賢のおぼろ如来、
ならば一体から千躰をとりだす光線をかけた。

鬆だらけになったうつしみ、爛々と鬆敵。
鳥とおなじく内洞へ季節風で浮力をつける。
この内偵にこそ或る譫／妄をまきちらし。
たずさえて髪が無根の渦へと変化してゆく。
散れ――私の顔の覿面。瞼の裏の瞼の重なり、
顔に顔をつけ、一刑罰を他刑罰へと通してゆく。
性懲りの美貌も繊／毛となって接吻がしめった。

嘉／膿

恋族の走りゆくさまは　あかときの禾。
そこを受胎に変えて爾後もかえりみない。
申そう、牝の背後からなされる鹿恋には、
誰もが当事者を代位して恥じない欠如がある。
神話にはそんな悪行の背後があふれていて。
女の背後――肉までめくられた切断面が鈴なり。
歴史への怖気はそうして神話にも適合される。

二台の戦車が　草原で膠着しきった笑い話。
「動けば殺されてしまう」この予期とは何か。

だから動ききって相手の凌辱が全うされる前、
自ら姿を散らしてしまう小動物性をうべなう。
チェシャ的笑いのようなものだ、こんな残存は。
残／闕にも　残像とともに家屋的実体がある。
失いを手に掌の開閉をし　内圧も数でなくなる。

アカシア林から不意に消滅した蜜蜂なら。
われわれのひらく、扉全体の無効につなぐ。
小動物の呪縛を考えると日に日に狂ってゆく。
蚤だってかつて「生きている埃」と呼ばれた。
翅と肢との同時性の不／可能が蚤に凝縮し、
その異質性衝突もまた蚤に小規模化されている。
「砂糖が水に溶けるのを待とう」、蚤は砂糖水だ。
自己編集を事とする。八角形への実現が佳い。

夢殿から千年たって八角形は極小にとどく形。
獅／肢だった攻撃性もいまやけむりのような、
分子の飛散を相手にしている。それ、俤なのか。
自己編集にはとりわけ芥のパートを汲む。
乞食のように恋族の通りみちもつくりあげる。
生存に一滴の理。あるくだけで恍惚に達する。

牝の背後に付着して地上の実現を仕向ける。
秘術。私は自身を自身へと嘉／納させてゆく。
なんとなれば広漠な此世は全体が移住可能性だ。
あるとき交わったバイソン、またあるときの羚羊、
ことばをあやつった罰として縁語の森にもたれて。
伝説をつらぬいた神性の化／膿を已れにかんずる。
けっきょくは怠惰が私をつくって——嘉／膿する。

顔／貌

「顔というもの」が好きだ、とささやいてみる。
顔の対称性により眼と耳がふたつあることを。
どんな小動物でも刻印される。うすぼけた画布のよう。
烈しい線香花火でありつづける背骨の中心位置に対し、
「顔は周囲に自らを分散する　仄かな閃光の何かである」。
ふたつあることは淋しければ淋しいほどよくて。
両ポケットの胡桃を握り。その分散を歩いてゆく。

去年の聖節時期、街頭は多数の顔で多頭性となり。
そこにしおれる花束として　愛国がもう現れている。

「夜にやさしい」を鍵語に　塔も水平－外延する。
顔が分離して貴／属をうしなえば娼婦のものとなるが。
それもよい。われわれの故郷はどのみち貨幣だった。
銅の表面に同じように浮き彫りされた王族の横顔の、
奥行のない片面性が台座にしている　仮の緑青だった。

顔錆びて緑青までの愛慕かな――死にはじめる。
うれひなど蠟梅の外のあの夜か――炎えはじめる。
作業のスタジオに入り左右を調節しようとして。
両手が両耳以前にステレオの根拠と知る。すてれお。
こんな不器用な対称性にこそ磔刑が予定されているが、
それまでねじこもうと他人の軀に巻き込んだ。
女性歌手数人が座礁する。溺れる前の顔の悲哀どちら。
以前と以後が貼られた顔の現在。時間が延びる。

幾つかの川のうち　うすかわをそこにめくって。
なぜ想像力が平面をめぐってやりとりされるのかを。
眼の焦点構造とともに考える。——距離ということか。
手許に引いたものがもう麗しい距離でないにしても、
両ポケットの胡桃はわたしを往かす永遠の不一致。
顔を枯木に吊るす男により女の字のように木も曲がる。

何がおんなじか。隣接と類縁が眼前をただよう。
顔に配置されている穴を拡大してゆく手もある。
想像の暴力は顔全体を穴にすることでしかない。
跛行は駄目だ。左右もひりひりしないようにした。
壺のかたちに納まって。最後の相互をねがいに代え、
顔／貌は変わらず奥行の拒否を台座にしているが。
願／貌なら野火になり　そこに春も来ようとしていた。

都／腐

チーズのように、他人の口許へ腐りにゆこうとする。
私は皆の曖昧な発語を鎖すくさり。手負いの連鎖体、葡萄菌。
テオとも呼ばれ、慈兄の逝くまでは彼にずっと尽くした。
おかげで私の部屋はいま鏡面だらけで奥行がくるう。
ただ慈兄は中国人の愛する時計――猫眼を描かなかった、
差込む陽光の疲弊度により虹彩幅を微妙に変えるそれ。
世上に深い傷があるのに自分が傷の者はそれが見えない。
哀傷の時いたり、水路と柳の場所を数年さまよった。
それが星宿であれ都／府であれ　彷徨う脚はすでに霞む。

肺から蚊柱の音のする婦をひろう。柳と競い疲労がます。
灰や胚や廃からはまた自己洗浄の音もした。暗渠だろう。
というか市はただ暗渠の上に建つだろう。だから橋も怖い、
そこで画布を狂った鏡にするなんて。不吉はもうたくさんだ。
精液が塗／布されて屈折率がいつも変わる。画も女の腹も。

気づかれるだろうが　この叙述は私の死後のことだ。
諸平面の配剤に費やしながら稀に藤花の垂れるのも見た。
すたあだすと、その言葉を危うく口許で呑む。そのスリル。
気づかれるだろうが　この叙述は私の詩語のことだ、
一切は種まく人の模写からはじめられた。その過去が煙る。
二人寄れば藁だという気持は　相手が婦に代わってもある。
耳を削って頭部の対称を呪うなんて。一本の煙突が輝く。
付人にして交渉人。いつしか世界は画廊に分割されていた。

このことの赦しはなかった。だから橋上の往来なら好きだ。
婦は好きとか嫌いとかをただ髪に梳く。鋤をもつ傍らの私。
広漠な農地を星月夜に見立てて二頭の蝶のもつれとなり。
夜また夜を遊んだ。寝台を帆船になぞらえる悦びも知る。
モウ韃靼海峡ハナイト言へ、電話口で渤海に向けそう叫ぶ、
いつしか世界は画廊に分割されていて、私らの室内に似ていた。

敗戦処理を商売にしたことで　腐臭はただよってきた。
延安で蜂起があったという。私の市は素早い放火だらけだ。
数年チーズと呼ばれているのはきっと乾いているからだろう。
酪の過程にただいるが　これは蛆虫に変身した天使の行軍なのだ、
ねえ山海経、チーズを顕微鏡で見たことがあるかい吃驚するぜ。
お前らの仲間がぞろぞろひしめいてそこが東洋と西洋の接合だ。
混合的恨みを塗布されて　今後はあらゆる場所も都／腐になる。

地／癒

羊歯は羊歯であることが治らない。
だから「赦して」とはいつだって、
自由をもとめ呪縛を斬るそうした叫びに。
歌で身を割るそんな直立にもなるのだが。
羊歯に銀の首飾りをかけ去った永遠の人は。
自己斬首のシャボン的飛翔を知っている。
回って映す季節の　おのれ百体を元手に。

馬とは斬首前の時制。これが網を走らす、
草の千里となるから馬の刻印も消える。

フィルムとはそんなもの思い出の思い出。
ゆきもよひにしろ天眼はただひとつだ。
我慢だけである植物には無論みられてゆく。
影のこめられた衣服ごと一景を通過して。
脚が片方になろうとする分岐まで知られた。

買って売る反復の身の、おぞましい分泌。
買うことはすでにある男娼のふるまいで。
手に殖えた鎖も空につなぐためにあるのに。
新月の国はまだ降誕を控えるだろう。
children by children、フィルムの本質、
老残を斬る　この様式により風も映る。
転瞬の蝶の涌くすがたが　断面の真髄だ。

われもこうが枯れている。赤面の終わり。

自我に酔わぬ不感で新しい映画が組まれる。
一個のそれは　椅子の組み立てにも似て。
座れという命法にはただ不在が呼ばれる。
その他あるのは羊歯が羊歯であることのみ。
こういうのを絵図にしてみな時に溶かす。
羊歯が歯車になる歯車が犬になる処女にも、

一つも治っていないのに何かが治っている。
モノクロの限定が新しい紫を発明したように、
敷き道への視線が新しい地面をおもいえがく。
花びら踏む裸足がそのままイコンとなって。
ひとのにくたいは自己触覚の投射だろう。
地／癒　追憶が　地／癒　未来に泪をあげて、
呱々のこの愁いも　フィルム、影の声なのか。

消／婦

異貌の風がふいて。全身が梯子の積み立て。
がらがらと割れて星鴉の声となっても。
やぐらは星を追う自身の移動だとおもう。
展開によって馴化される自転のものごと。
落涙によってやわらかくなる頬白の頬を、
ひとつ眼裏に矯めては、視覚を屈折にする。
すぎるすぐさまを折る、余韻のない歩行も。

ばかやろう杉が地線に咆哮をかける。
天涯を孤りに徹する　いかめしい植物、

そこから雪解けと地下水。仮定がもぐった。
ひろがってゆく魚影を春のからだに見ては。
こいつらだって自転している――季節め。
かたむける椀の面を西欧的に曲がる柳。
柳のごときものを口に去年の絮もおもう。

地上とは何のつながり何起源のねつ、
割ってはいる者はみんな恥しい痩軀だ。
それが走狗となって天の効果を三倍にし。
西から今日のつづきが崩れたところを。
おとめごが湯の真似をしてひらきだす。
かはんしんの温泉にひたる思想の禍福。
ともに幸先となるまで奇遇も伸ばした。

昨日会ったことは明日の蔦になる。

そのあいだの一日がいつもつれて。
眼下はためしに織られる光のりりあん。
そういうのが静かな女の形になって。
思想形の女らしさへころがってゆく。
ともすれば時間。らあげの柔らかき移り、
移りゆくものが映りとなる水の秘法だ。

このばあい偶然の頓狂が看過できない。
急いてやってきた乙女子の偶々を笑う。
あんたの喘ぎは地熱のころがりのようだ。
消えるまでその暗がりを自腹に集める。
二日目に来たら八頭身じゃなく八頭だろ、
日に日に女が殖えてどうするんだ、
消／婦もだから線を自消する運動だろう。

旋／慄

一瞬　口に蠅が入って泣きだした。
以後は蠅男として語りつづける。
私の歴史なんて凡そそんな仄白いもの。
一九八〇年代にもイーストウッドが。
画面のなかで死んだ回数を間違う。
助詞で繋がれる構文が自ら助詞に崩れて、
生き様が死に様となること八百万回。

そういうのが外套に潜る私の数だ。
手品のように音律の抽斗は開けたが。

あえて数個の分裂から母をはじめ。
絢爛たるバリケードも数個の眼となって。
記憶を見透すときは軀の内折に賭けた。
いつも終わりに向かう橋を架けられず、
蠅男として語るくちびるの低さをおもう。

どんな地図にも福島と東京の遠さなど。
空間的に描かれたことすらないから。
映画じゃない、骨に染む ray こそを愛す。
脈々と映っている氷。ひとつの眼差しと。
別へ背けられた眼差しとの偶発的な距離、
抱えられた花束がレントゲンの狙う心臓。
事物も関係性変化のなか　ただ慄えて。

ぶるぶるするものは昆虫状だと一口が言い。

別口なら　それは偏西風転位だと言う。
諸説の埃をあげる幌馬車も確かに見た。
あれが学び舎、棒とヘルメットの幾何学は。
幾何学が紙上を無化するやりくちで消えた。
鬩や息を書く。聯の塊をほぐれそうにする。
秘法ではなく悲法が抽象の門をあけるのだ、

暁の肛門が現れようとする画面の潜勢。
徴候の愛を信じた世代は糞水を浴びた。
臭いことは時が経てば絡み蔦になる。
戦慄も怒りをめぐる偏頗なものなので。
やがて喜捨により内部分割を消すだろう。
ray の名の二人に言う、なぜ五線に乗る、
背丈ほどの旋／慄も与えられないのかと。

悲／膚

両手でなした枠組で対象の動きを追って。
ドキュマンはフレームの伸縮を結果する。
私は笑うドキュマンを撮る。気体を写す。
たがいの軀こそバカらしいフレームだとも気づく。
流星群のようなもので君のレマン湖の畔ができ、
一つひとつの羊や牧羊犬が裏返りを表返す。
「いない／いる」の呼吸、呼吸点滅の哀しさ。
ドキュマンの性質に犬の本能をもちだす。
待機と模倣から対象への熱誠をつくりだすこと。

相手の一瞬の表情が未来に餌付けされている。
時間が昏から離れてゆく、気化のようなもの。
存在の物質性は台座だろうか。そう考えて、
顔は黄昏に置く。街が黄昏に姿を変えるように。
相貌性も確定の外、フィルム回転に預けた。

変化するだろうか、この幾何ドキュマンは。
冬の君の軀にひしめくあらゆる犬小屋も。
うごいている最中の　流れる影にしてしまう。
一音が千音になるような場所こそが諧調。
諧調はとうぜん見えない段階をもつなぐ。
だとすれば千倍化とは段階消去なのだ、
犬小屋が乳酸菌の匂いの君にこれを適用する、
ドキュマンは顔に膣穴をあけるポルノグラフィ。

表情に内心があるための隠しが連続するとして、
そんな襞があふれると可視性だって下がるから。
ひかる湿気への不機嫌に支配された無表情を。
とりわけ採取する。顔？　――否たぶん指だ。
黙る尖端のクロースアップがその全身の喩。
連続する指ならばフィルム自体を演奏する。

髪の毛の皮膚性。尖端だけが彩られたそれは。
霞む心を包む「岬」を否応なく含意するので。
朝靄が鎖状のカメラの行き交う泥棒の好機だった。
幾何は「人／岬」ということ。尖端の一が乳房で、
乳房の双面性が相貌をむすばない哀しさもある。
そこを視線の糸で揉んで真の悲／膚があらわれる。
撮影の膚接からフィルム弧も悲歌を交響するだろう。

懇／棒

植物は体表ぜんたいで薄目をあける。
内面の影にうすむらさきの水明を入れて。
以後千年もただ揺れようとしているのだ。
近づいた者に必ず言う「障ってはならぬ」。
とどまる自身に鉛直の蒸散をほどこし。
劫罰のいつも縦に消えそうなこの不動に、
内管がつらぬく伽藍をも重くみていた。

半盲を生きている。樹皮のひびを泣きながら。
軀一杯に羽虫をまとう遠隔の王になりたい。

繁茂の巨大な王冠をかぶっても項垂れる。
真夏は暑く　貿易風も動きつつうごかない、
根と幹の間柄がひとつの薬効であるとき。
合致こそ毒素だという直観を恐れている。
千年伸びて千年の恐怖。　地の鎖とも呼ばれ。

実態はないのだ、　過去の気配としてある。
「だから歩くこともある」　人目を避けて。
けれど地下水と空気の妄想する位置にあり。
通常は　蜂の巣型の主観を旅人に授ける。
蜜ともヤニともつかぬ排泄を眼でして。
心は雌雄同体、　ここに同性愛しかなくとも、
鳥のような徴候には受粉もあずけてゆく。

となると静かな逆巻きなのだろう待機は。

根を丸出しにする衝撃の倒立も夢見るが。
リーマン空間のショック「私は一本でない」。
群論として脱個性化しながら陽に向かう。
本質的複数はなにかの球面を根拠にしつつ、
顫動からあらゆる円弧をひりだそうとする。
千年の林業、この点在性自体を捕獲せよ。

夜は全身に雨ならぬ星光を透しているが。
教示すべきはその通過性が暴力ということ。
それは複数から複数を走る否定だろう。
圧倒的な隣接を　この樹皮から敷衍し。
伐採の絶望ののちはただ棍棒を抽きだせ。
その一本は敵を懇望しながら　星を散らす、
きみが懇／棒になるべき動性の逆説を散らす。

深／鮮

深い場所が鮮しくみえる、視覚の至福。
畑をゆき　今日からは複数の私ともなって。
湧きつづける神／泉にかぎりない足をひたす。
羽虫であったころ。パイプであったころ。
私は煙を翅にしながら思いを中空に浮かべ、
そこに変身を生んでは　馬の孤りへ返した。
鯨の嫌がるひとつの海笛をシャツに収めた。

ひかる灰色を注視していたような気がする。
中止観が輪っかのようにならぶ居並びに。

エポケーを縦に木霊させる、離脱の儀／礼。
かんがえられないことを脳髄の照明にしては。
この記憶の覚束なさは再読の幸につつんだ。
文芸の水のながれ。点灯される人のつらなり、
空の下の装身から定まってゆく喪心もある。

この世の底はあかるく　菜のような渦の祝福。
北半球の渦の特質を私は自らの眼にながす。
蛮勇引力なるものを蘇る食欲に速記させ。
蜜蠟や没薬をなめた。しろい封蠟も舐めた。
「最後の珈琲は　食後をしずめる魂の台座」。
エッグスタンドに卵がないことを奇貨に、
スタンドの位置に残像を立たせる嗜みだった。

食べものというのはかぎりない東風の結果だ。

オーガニック野菜の波動をただ口に運んで。
その密かな香りからオルガスムスに至ってゆく。
生活はサラダの速さでつくる。芹を添えて。
鶴のはしに競うように　香りの尖りも足す。
のちの飛翔をかがやかすための　一時の籠、
だから肋木の形を愛して校／庭にも出没した。

自身の音韻だけが意味の崩落をとどめている。
肋木がはりめぐらしているのも自身ではない。
段階に背後を透かし見させる神饌があって。
深／浅の浅いなりゆきにこそ調和を見出す。
いつも深さが鮮しいことで美貌となるメロン。
メランコリーに淡さを彩色するこの菜食も、
あすのサラダに見合う休符の質をおもうだろう。

飛／攻

未来の都は川が多くながれ　銀色の泥鰌も流れる。
人々は日傘の下で顔を溶かしそれがみな朝顔になる。
挨拶のコツは挨拶に挨拶をすること。透明が保たれ。
やっと実現される夢も暗渠が下水だけに限られること。
虹の如何にかかわりなく清潔に放水生活をつづけては、
豆腐売りに会い朧豆腐から豆腐を外したものを買う。
四角形であるべき球形が好きだ。それが水色なら。

三丁目は農場があふれるようになって虫の予感が鳴く。
農耕のような詩でなければならない——濃厚でなく。

あるいは濃／耕という概念もあるだろう、紙上には。
そう語り麻雀牌には見たことのない孔雀牌も入れた。
われわれの主題はこのゲームを楽天性で騒がすこと、
鍬や鋤の記号で卓上に川の字の模様を幾重にも描く。
川の重複はもう当然として　その襲ねを着る佳人は誰。

「加齢して唄う恋は有効である」古来の歌は告げる。
歌川思惟という歌人と四阿で幻の効用を語りあう。
未来の都は川が多くながれ　銀色の泥鰌も流れる。
塀がなくなってまるで左右から茄子が愛されるが。
切なくはなったのだ、族外婚が多く娘らが消えるから。
街外れに出てみる。囲いもなくなっていて梅林だけ、
バレリーナの枝々は　そこに空を押し上げていた。

湯田という通過点の記憶かもしれない。白妙だった。

姐さんらは長く　その回虫性で空間の腸を暗示する。
面差しのない幻たちの美しさ。眼差しは何に向かう、
夕食の伝言も変だった此世に存在しない献立ゆえ。
けれど爆薬を食べるのが嬉しい。甘く瑞々しいのだ。
戦車のミニチュアまでお膳に出て墨子かぶれを知る。
土産に並ぶのは日よけ帽子だけだ農作方向を考えた。

非／攻の目的のため土手を早駆けする非行たちが。
たぶんバターになってわれわれの最初の午後が輝く。
未来の都は川が多くながれ　銀色の泥鰌も流れる。
ひとつの脚なら柳川だが、多くの脚は柳川鍋だろう。
足のための混浴地が遠近に点在する此世の極楽で。
耳の場所に足をつけた両方までが飛／行してゆく、
その空が眼路だと誓い。弁天らの飛／攻も往来する。

頰杖のつきかた

自：二〇〇八年九月　至：二〇〇八年十月、ブログに連作発表

掟として文法を、

掟として文法を、滞った声で話したがること。
巖の熱のように割れて、言葉に蜜を乞うこと。
この喉の眼帯を外して、行き交いに十字の風を割ること。
暫しだけを、薊野に棘なして発声すること。
星を発生すること。（あるいは焰、）
寝台を焼いて、舟の黙示を砂礫に立てること。
女を剖いて舞台にし、腑のもろもろを役柄に回すこと。
それだけだ、羞恥をさば折るには頁を鉄で巻くだけ。

螺子だとおもうか発条だとおもうかに猶予がある。

初冠雪までのしかし透明な猶予だ。
あらゆる呪縛の胸は書物の形態で伝道される。
伝道されて、貝の水底に緑の火も移る。
そういう言葉だとおもう、熾烈は。
熾烈が熾烈自身に熾烈なら、透明な猶予も短いだろう。
背骨を発火させて薄荷の優位を唄いたがること。
緑青以上にぶっきらぼうなぶざまで立つこと。
消えるまで、朝の前を黒い紙面に尽くすこと。

瞬時、鱗のように沈んだものが諧謔に似た塵埃だ。
骨の内位。血の外位。産褥の中位。
腐刻画には朝でない光が、来る。
姿の別の　声として。
産まれたての死王として。
すぐさま転がる。

絲脳

さりながら、世界の硝子体には腕を挿しこんでゆく。
半球の形状、その美しさを歩路の奥行きに重ねて。
(川は起源、(陸地を複雑にする、(割れている場所もあった、

やがては川を擬人化して龍をなし、
水溜りを音声化して虹をなし、
人らは眼差しを郵送する習いに賭ける。遠流という。
上皇・後鳥羽は芒みちの双つにあすを岐れてゆく。
鳥のいとなみも、野にミルクをこぼして牧人を憂う。
蓮田から蓮根が抜かれれば騒擾が終わるのに、

湿地に橋をかけすぎて、擬宝珠は記憶を転がった。
さみしい音がした――、

身の紙風船、その気は保たれて、部屋の隅にある。
決して　打たない。（それを感じて出る。
なので季節をゆきゆけば、眼に窓・窓も強調された。
世界の硝子体には切った舌を挿しこんでゆく。
中域に跡の寄る場所があり、それが消えない。
足にとっての踵のように、消えない、だろう、

にぶくある梨に輪郭のほとけ、
脂なく去ってゆく「人直前」にあった弱さ、
鍵盤とおもって触れた柔肌もすぐさま天の音階に曇った。
柱に縛った上代文書のこと。
家を縦型の調度で層にし、歩きにくくしたこと。

伴侶すら膝に置いて、対象から外したこと。
屋根を幌にして、生まれる移動も顧みなかったこと。
ついに赤子を胞衣に包みもどして、
内側に向く錯誤は、絮のようにも数多くあった。
ひかっている。

喉骨から秋になってこの声がいかんともしがたい。
身は白さになってゆく。
絲脳のまま歩いて、秋野が足下に成った。
ぼやけた花の拡がり、

身が軽さになってゆく。

針穴

柳窪に醒める。――雨は肌のなかに降っている。
昨日　風呂にみた男の尻が割れそびれて、数多く切なく、
葡萄球のごときものを　脱ぎ捨てられた女の空蟬へ放つ。
そこに音声がこだまするか。
むろん朝は悉皆。まるで朝しかないだろう、
更新され傘の骨が磐石になるのも。

七草を伴ってゆく。人形と旅する気持で。懐中が円い。
俳諧を語るこのふたごころで、野を二重にひらいてゆく。
観音びらきになった女の　おかずと飯のような賑わいは。

いつも外れを途切れて、朝鴉の不遜も利かない。
すすきになるものを尖った口先に銜え　架の以後を鎖す。
五七五のなかに割る空白を何音にするかはっきりしないが
この何音かが観音だろう、詩は必ずが言い了せない。
のぎくにまで墓をつくっては
土地の意図も密になりすぎる。括れよ、
(だから箸をもって旅寝までをずっと空費した
(はかないが、地上を喰う気概だった、

Zの種族とやらに乱参して、
世界映画のエンドロールに名を刻まれる。
世間では情に紫が勝ちすぎた。やがて、
ふたたびが　ふた旅であるためにと暮れ方にも醒める。
あるいていてもくしゃみをしても　一人ではないとおもう。
霖雨の黴は幼い水掻きを飾った。もう泳がないだろう。

鐘おとを響かせてゆく僧形も僧形ではない、——音だ。
私の書く手も労働ではない、——音だ。
耳が澄まされてゆく、さらさらした霊の流れに。
脳髄を芯に設けて下肢を忘れることすらあるかもしれない。
忘れられた下肢が憤る蟄居もあるかもしれない。
平衡を失い　検疫に反対して、白くなった犬の病性を守る。
むろん守るとは見ること。少ない範囲だけ見て、
あとはかぎろいの、野が余白。身に沁まない、
茶漬けを腹に流して　知る神経の遅れが遣る瀬ないかも。

膨らむ春にたいして　収縮する秋だろう。
ひとつの茄子は茄子紺に分割された世界を画く。
表面に映される周囲が哀しんでぼやけている。
その傍らをとおってこそ、

通ることが透ることにもなる。
いずれこのあゆみを
針穴へ、

流体流離論

遠近両用と雌雄同体が似た。誤謬は心許なくなって、
からだを夕暮れの　秤を置く場所へずらす。
骨折の内示が身にあってこの弱視が豊か。網だろう。

柱として家を脱ぐ。魚霊の晩めしを裏返す。
早すぎる寝床からは星井として季節を見上げた。
うすものが、ゆれている、

雄松と雌松が筋交う石松の通路をなげく。
あらゆるものを溶かしだす寂光が歴史の遠鏡だとして、

あなたの見たものは　石の河原、座礁した乗り物の　何か。

屑に仕え　屑を窮めて死ぬ転覆的な選択で、
紙屑のように捻り棄てる身銭の泪もある。
賭場や硯で命を研ぐにもまして
墨色で草の揺れの描かれた大衆浴場のさみしさ。
だから金毘羅よ、これが代参だ。そうして犬になった。

数日来、霊を嚙んで引っ張っていた。
膠のように料あやまった赤月の饂飩があって
優曇華のまぼろしに眼のやさしさがつぶされてゆく。
犬を脱いだ犬、星の降りつづける流体。
交む対象が何であれ、腰紐を引いて静物の理を見た。
静かにあるものは己れを炎えている。これも眼差しだろうか。

関所の難題はいつも同じ、「ここで円を描け」。
けれどみながすすきを描いて　道祖に縊られた。
みんなの場所の、挫折のひしめき。ばきばきと音がする。

その脇を伝令なら光速で走らねばならないが
達しが「この使者を刺せ」では
犬を脱いで、
あらぬ境を流れるだけだ、はたてを、

逆流して、
あすは身に墓を立て、二階の高さで四万十のさなか透明に佇つ。
一秒以降を　一秒から離れるために。

身越して、のちをかぶく。

草耳

聴いているそばから全体が掻き消え、
刹那が、鱗となって空にきらめく魚の一態ならば。
耳は同属にちかい魚類によってこの耳を失う、
耳は難破する耳は風を聴かない風に耳が運ばれるだけだ
耳に飾りは要らない飾りに耳が集まるだけだ、

学徒のころ読んだ歌集の一首一首の屹立、草の理。
屹立を呟けば口に籠もる音によって耳の領分も内に開かれる。
開かれ解除され開かれ解除され軀が曖昧になるこの感覚が
絲のようなものを遺伝に再伝達しむしろ災厄は私に似てしまう。

どこを歩くのだという自問がまったく私のかたちになるその災厄だ。
意味（男）より音（女）のほうが旧いのはいかんともしがたいこと、
空気のふるえ否、所与のくうき否、音の宿命こそが諸、
伝達媒質によって生物は伝達性を複合され　それ自身を遙かに失う。
（本来的な荷物の受取り手は存在しない、（だから荷物自体も歩く、
いつしか旅程も終わりを解かれてしまった、

旅に旅をかさねて、音の領域とは何か。
このアポリアに　草の形態が対置される。
馬をも拒絶して藍のもと地表を揺れている茫々たる草千里、
誰も訪わないことで定位される現在ではない電圧領域があって、
ひとつの個別が全体の抽象に即時に跳ね返る、
そんな揺れているものがどこにでもあるのだ、
楽章と名づけられる孤独なその高原は宇宙を擦って残余がない。
ただしその一本一本が贈与となるから祈りの姿でも知られる、

それは近づく、遠ざけない、

傷口に草を置くと、ときに身を楽音が流れる。
ちいさな不定の、ちいさな治癒力。（むろんそれは軀自体だ、
（ならば草は身に反射しているだけだ、
空無を定め　そこにみちる草があって、（この反射が音でもある、
草で魂をあふれさせようと入るとすべて関係が音に戻ってしまう。
哭く無底なるがゆえに草と音と身が鼎立するのかもしれない。
復状する星の宿命、しろがねやしろたえや円筒状のもの
耳孔が夢の入り組む空間を形なし　私はこの星にただ草を聴いた。

二音単位が絹より擦れる曖昧な高潔を鼓膜に放生しては、
脳髄を太鼓の空白にし、同時にそれを反映の図幕にもしたのさ。
音導入のための　さみしい草耳がその世紀にあった。
結び切れて結び切れるこの植物性の結び切れは最後には結ばないだろう。

Qについて

「門」の字の象形性では　その空隙部分が気になった。
家を鎖しているひとの　心情と季節がそこに遊伴して。
枯葉が舞い込んだり鹿が浮かびあがったりするとおもった。

秋隣を考えた古賢はその寂寥の姿がうつくしい。
あるいは　いぬふぐりと神曲とにも隣があって
相互が具体として織られずに　隣接のみ泡立つ季節があった。

そこを歩いた。徒歩という、われわれの魂の乗り物。
足許が乾いた音でコーンと鳴り、水溜りも深くなってゆく。

きやきやと眼路の果てに上昇するそのうすものは何だ、
（誰が夏を脱ぎ捨てた、だが過ぎたものこそが無残なのだ、

Qの姿に手許を曲げてゆく、自分範囲の信心のために。
モナリザの髭のようなものだとおもうが、銀色で、
周囲のガラスによって、己れ一個が空気に透過されているのも奇異だ。

古来から絮や粒といった残像には　天使の無魂がみとめられた、
札だって無意味に立っている。
そうした無魂となるために　肌の鏡も領域的に磨いてゆくが、
周囲をそこに映しても何の警告にならないので、
すこし冷えた果物の手触りだけで、一節を、隣のない氷菓にしてみせる。
凧も添わないそこに　頭上の塔が
海中の藻なのかちいさく立つ。以後、標的として波間を隠れる。

そんな映画だった。残像の淋しさがあって映画の淋しさもある。
それがそのように動くことも恐怖の源泉であり懐旧だった。
映画を観て、階段を上りきったようなわれわれは無反省の階級に入る。
白黒の動きをいくど銀色と嘆じながら記憶しようとしたか。
そうしようとして、自らすら記憶から外し　消えていった。
消えた悉皆には天涯があらわれて、傾きも暗くなる。

久方に食事を摂った別の日にはまたガラスのなかへ立ち返って、
国の貨幣が刻々と手のなかで価値を失うのを、身をぼかしながらみている。
乞食の時はここに舞おうとしている（アジア的なそれに変えねばならない、
女神を描き損じたなら、もはや手も葡萄や梨を存分に撫でてよいのだろう。
撫でて分ける。手のなかに。まぼろしを。
消えるための秋穫というのか、
あるいは　これもまたQだ、門だ、

頬杖のつきかた

女のことで死んだ暁は　楡につながれて息災をおもう。
都市が硝子の段階に入って、白狼系も居心地を失い煙となった。
同じように否まれるものたちの命運など埒の外に棄てられるが、
この廃棄を地図として、夢想の糧ができ歩みも促される。始まりだ。

多くはそんな子供なのだから、鬢油で固めた黒いものの流れも。
哀しい対象であって、遠くに視る。とどまった川は。二死は。
過ぎて馬鹿ばっかりだ、太鼓のなかも。そのまま齢をとった。

荒れ果てているのは慰撫だとおもう。確信の隙間に暮らした。

拾う動作を幾度も蘇らせるこの脳髄が美しいのか人が美しいのか。
ともあれあかるい足許がへんに近い。他界だろう。

夕暮れの雲が流れて。
美田の祭にゆくのだ、きれいな水を保ちながらゆっくり回す畦に恋して。
枯れた極楽鳥を背負い、これからはゆくのだ。

矮小にも佳い型がある、伸びて赤くなった土筆のようなもの。
筑紫国を無量のあきつがとおって。盲目の意味も瞑目に転じた。

水祭の稲を手にたっぷりと享けてむしろわたくしを頂戴する。
追尾する多くの音楽的な爬行。透けている、みなで笑う。
笑って迎えるそのなかで　秋の人も秋の顔をしていた。
行く末の多岐をおもって、あたたかい籾殻になった。
冬にはならない、

幾度も死んだことの帰結が、自分で自分を囲むこの頬杖だろう。
半円を巻き込むしずかな巡りの内省。私心の内政。
身を今日の残余のとおりみちにする、幸なかばの置きかたから、
うすばねの脈も　紛糾を流す貴族院のうしろになる。
背後が見た目に薄くはりつくから頬杖でまわしているのだ。
形骸のような自己再帰ならありうるこの優雅なかたち。
むろん崖に停まってはいない。私はむしろふたりになろうとしている、
その眼路にあれば申し分ないのが　恣意で置かれた柘榴のいろだ。

集合がハーメルンであろうともしている、街外れを放ったまま。
誰も連れ去られなかった、
黒騾馬の一にとりわけなりおえようと。
身に螺子があったからだろう。――その螺子をもおもう

秋鮭

花乞の私は多くの反故に包まれているが　そこから
砂金のついた　うつくしい和紙をよりわけることはできる。
ただし場所が吟味されねばならない。日の黄金の川でだろう。
減る場所に減る私は減少の減らしにも荷担したことになるのか、
それでもそこに滅がちかく　暮れればひたすらな暮れかもしれない。

くれくれと請われ　壊れた。
捧げ受ける、あじすあべばの黒い宮殿のようなもの。
ぬに濁点を打って遁走した黒菊のその後にこの着物もながれ、
もだしそめた数日の秋虫の代わりには数日の露を呑みつづけた。

世渡りは浅い渡瀬の探し、鰭の赴くままということでもない。
誰かも忘れて抜いた簪を帯びて　此世、髪の流れに更けてゆく。
ときたま黄葉が瀞を覆っている。

（にんげんの声：）
双子の兄妹をそれぞれ「港」「岬」と名づける計画も失せた。
暗野とはうしおのみちる時間圧制の代替。そらで繰り返し弾《ひ》ける。
おまえは鳥に向かいどのように老けるのか。瞬時は水になるのか。
さんざん枕《ま》いてもわからず　陰の茎は花のない怖れに染まった。
舫うものの港にたいして沖を指す岬は鳥の鳴き声でとがる。
糸となるまで、ならば　陸地の輪郭も常に騒擾だ。考えない。
ふたたび日が巡って内海への入江のように或る内域を呑んだ。
庫裡なくて宝蔵をかがやかすため、
なぬかの虹に茄子円くなる、——挙句を吟じたつもり。

茄子を刺身にして虫とは起源のちがう鈴を庵にあい鳴らす。
小皿に醤油をさし脇に山葵を置いた。
このとき私のまえか私のなかに女が混じっているのが、虹だ。
景色の全体も鳳凰の降りた形状で、おそろかに金木犀が香っていない。
遊糸で近隣がつながって家々には粥の温みを訪ねる。
私と分身の秋、
反故を分身にしての韜晦も　遡上する鮭のさわぎに似て
そのように顔がだんだん旧くなってゆく。

眼鏡をかけた鮭、それでも川虫を見ず
変わらぬ水のようなものを　なぬか追う。
疲労死の寸前は、暗然と浮いている。

（鮭の声：）
おまえはただ産卵に精子を撒け。

呪われはつねに畑違いを伴うのだから。
こんどの死後はおまえが糸となればいい、

不運になる権利

雲の自重で野を流れて、自分は何の証言者になっているのか。
彼岸花に出会って変化する心理というものがあって、それだったり、
花電車という美しい言葉と離反するように
恋が綿密な紐帯となって夜を奔り、やがて奔走ゆえに消えてゆく切なさ、
そうした事物的な覚悟にたいしてだったりした、

燦爛と荷運びする。荷台が銀を発している。
流星の算えられる幅にいつも旅の一夜があるとしても
夜は数によってではなく　姿によって識られる。泣く尾の空。
動く私は接合のもつれる位置にいて、それでもひたに接合を統合する。

接合と統合が同じだといおうとして　曖昧な王権も手にしている。
恋する女も事後的に面影をぼかすにつれ、不眠飴の口内の溶け、
しかも不思議に冷えた溶解となって、なべて「マルト」と名づけられた。
夜にたえずハンドルを握った、

その心を規定する色を　便宜的にその肌の色にもってきて、
手中された心はとりどりにまわされ、ひとの心もおのが心にされる。
運転席からみえるものとはおよそそんな縄のようなものだ。

不幸を、ひとの面影を鮮明にする調達だとは何もおもわず、
不運のみを、絵の全体を統一し額縁のそとにさえ延びる色調とかんがえ、
しかもそれが人と人のみならず地上すべてを架橋する具体とも捉え、
不幸・不運、このふたつの「なる権利」のちがいを確定した。

不運にある者のちいさな崇高さは　蛇を同道しているのだ。

それでも植物性受苦と葉脈を　風を割るように展覧し、
その風のゆくえも一瞬にして閉じる、凜冽に。
眼瞬きの間に似合う在世がしかし以後も間歇状にちりばめられて
地上の息を内側に織る。（の）を介在されてこそ彼女が彼女の所属となる。

海辺にある心、肌色の心、風に吹かれて刻々不鮮明になってゆく心。
こころにいっぱいあるぜんまいや　つたや　つむじや　うづしほは
もはや（の）でみちあふれた自分への手紙だった。
（の）が共通項、だから　わたし（の）あなたともなって、

草として落涙した。
不運なひとはそのように周囲を綜合されて美しかった。
そこを蛇となって　長く蛇を運転すれば、（の）も次第に解けてゆく。
権利として不運を寄せては　離れてゆくのだ、いくつかの夜を、

天国義足

ねがわくは天国義足でシラクサの地を踏む、白昼の白に暮れる。
鱶のたゆたいをつうじて海は悠々と成熟してゆき円グラスとなった。
世紀をまたぎそれを呑むと、義足の天国があかるい雨に散乱する。
来信は相変わらず自己から自己へ。これが行く末の白蠟化だろう。

机を塔のたかさに建てる、あやまった学問のうつくしい反骨。
俺だろう、反った骨を内在して葛の道をゆけないでいる。象牙も目指せない。
出現を誤ったバリケードだけの阻止。けれどそれを「素姿」と発音し、
眉に透明を積んでは、この停止を焔と灼いて消滅もゆき暮れてゆくのだ。
交易を。あすはあすのひかりに濡れた舌と舌を。

あすはあすの空に散った雲雀を眼に料理して　脳髄に夢殿を。

手術痕ありますか。奴隷の膚の浅黒のなめらかさに歴史が露光する。
水底に川の模様をそのまま映した藻　それらを日なかにずっと算えて、
公家よ、恋に焦げた手前勝手な手術痕ありますか。
距離がなくなれば燕の来信もうるおう、というのだが、

疑ってみれば靴下より大きい世界などないだろう。
裏返してこれがわかる。

天の一部として
あらゆる隙間に身を滑りこませた空白が　平均の倫理を建てる。
このあたらしい立脚のバリケードが　聴く耳には難攻不落だった。
規則というものも　匪をゆきかわせる万里の長城の工程計画にすぎず、
聴覚上　海風の向こうが恋着の宮ともなる。なべてはかない。

義足を撫でる人足たちの安息日。円く納まっている散逸もあった。

汀を、汀となってゆくための天国義足を。
周囲の白昼と和すため　おのれを灯しつつ歩く根拠を。
義足は杖の身体内挿だが、幻燈に似合う遙かな人影でもある。
歩行も前足と後ろ足のぎこちない獣性に割れて、
足を引く神のあとには、それとわからない四つ足の豊富な時節がやってくる。
足跡を散らして　なお足跡の判明しない硝子渡りのために、
以後の巷をつくる行き交いにもこれら古拙な天国義足を添えた。

半眼する義足をつうじて　無限分割のさみしさをゆく。歩き－見る。
下半身で建てた自分は　こうして地図裏の秋をずれる。
秋のないシラクサの、茫々たる白い草叢を　ただずれる、

綾

綾【あや】刺繡上の脱意味的突端。歩行とあわせると眼路に立つ。流浪の多くにある幻影。一字で女子の名にも用いられる。変態前の蛹の体液など、液体のなかにひしめいて眼を刺すこともある。失語となって織られないので「言葉の綾」は慣用的誤用、正しくは「挙止の綾」。


【例】《言語田に綾なす剣のまつりかな》（藤原哀微集）。

《綾くるふ唐織にして魔の夜は野辺のいましを帯とほどくも》（紅顔帖）。

《初市の綾は、先だつての散財で、陸続をうしなひ代りに坊を得て、托鉢の悦びに麦をゆきながらも闡の庇護下にあつた。以来三年。》（追徴）。

《崖下は錚々の綾、とばずして千代に砕ける体内の鳥》（とほくながれよ）。

綾【あや】藤棚の下の思い出。交配のため花粉がくだるのをみた。
私が緩慢なのか花粉が緩慢なのかは知らないが　秘密の午後とおぼえる。
以来の藤は誰も着ない着物と垂れて、とりわけの秋にその濃緑を窮め、
あらゆる茶に要らぬ翳すら差して、茶会を陰惨な針打ちにせしめた。
座敷の童子、川原の翁と並び、藤棚の下の空白に棲む、爛れうただった。

眼が記憶で重くなれば　軀を遣って、綾を殺到にゆかせよ。
声ごえに灯るいさりの離れに　機の沖で織られる瑞性の息。
一体の刺繡に刺客群がって、針千本の念願が戦禍に浮かんだ。
オスマンは刺す万の都を散らす、女の瞑目の下にある果物も熟れる。
手長となった彦だ、私は。もてあましては縮むための短目をつなぐ。
はやさかに速すぎの霜が降りて　あまた滑ってくるきん色の綾。

が匂いの木犀だろ。あいかわらず杉は夜には星月を刺しているよ。
が吃音の隧道だろ。芒手はそこをひろげては甘露の連関をつくる。
が愛讃の常道だろ。餐する前に婚する。食べてからだ、燻製価値を振り返る。

石鹼と石鹼の接合が風呂の愉しみだった。
おんな殺して何のオペラか。ずんべらぼうで浸りつづけている。

綾【あや】綾さん、地平となって降誕してよ。
こんな稲眼となれば　黄金にも末期がちかい。
(しょうがねえな、カネじゃなくて財布を算えてんだ、
晴れ渡りを奇貨に
誰もいない潟渡しの橋を今日もひとりで渡った、そんな綾さんも俺だろ

空へ巻き上がるまで

胡桃から胡桃へわたる同意、秩父の砂洲を殖やしてゆく。
鹿に川を渡らせようとするのだ、根拠地を草につなぐために。
浮かべるものが水面のてまえの微笑だとして　気配もつづいてゆく。
仏前のあと仏後がある、錦繍に眼の赤くなった最初と最後のように。

一鳥飛翔の多色。定めてゆく位置がそもそも色の推移で、
食べてからずっとを糞にするまで　音のようなものを夢見ている。
自損の優位あって来迎の鳥が金泥をえがき。私の腹にも抽斗がひとつずつ開く。
手鞠なのか麩なのか、女子の往年も変わらず成らない。無音となるだけ。
夏の空間を細分していた蝶道が黒い風に刻々やれてゆく。

たちどまって視るしぐれや暮れを、手の盆で受けては微塵の身だ。

雨域は海上を颯と奔っていた。その雨域のように集合性がある。
この集合性がもはや通路でないとしても、のこった歩廊のさみしさは何だ。
国道駅から海芝浦までの短い旅、ある日の車中は銀にあふれ外界にひとしい。
被服をはらってそれで奥処へむかう。
海上の道の最後に刺さったソーキを、讃嘆しつつ、曇る鶴見に啜った。

路線で織られている都市。バスは乗客以上のものをはこぶ到来だ。
路上から幾度もその顔を覗きこもうとして、視覚が舎利に近づいてゆく。
落としてはいけない、里であるわれわれの大和に黒海のしみは。
夕光の泥みにまもられて遠近にひとの佇つ地上が　柿の樹液に沁みわたる。
あまい渋を相聞に盛る智慧。行き先が行き先でないと識って炎える恋もあった。

七期を笑いながら奏した。

いつしか鍵盤も句帖に代えて。
《蝶一頭ほど輪郭のある犀の佇ち》、
象徴のもつフェロモンを追っていた。

アルカスが熊になっているカリストを射ようとした。
母殺しを恐れたでうすは《旋風で二人を空に巻き上げたんだ》。
それが大熊座、小熊座。
（良夜になれば万象も星にちかいとしれる、

巻き上げられるまえのひとびとも大円に似た百人の座となり
捻りながらしずかに呑むことで　椀の濁り酒に変わろうとしていた。
ことばのないうたげを経れば　いつしかしろい百人となって野に眠る。
わずかだがそれで秋の冷気が打棄られて時の進行が鈍った。死だとしても。
私と妻も　そのなかにうるんで、

キス

しまひまでそぞろ往く日も藁の王、
秋虫たちをしたがえて白いけむりのたつ遠山を目指す。
そこだけの寂光、そこだけの陽だまりの　冷えたうつくしさ。
希求クラブのこの後も残照にえがかれて、「われわれは死なない」。

窓に出した腕に金木犀の香がめぐって、一切悉皆仏縁。
裏庭のようにあるもののわたし。子供の背中をして呑んでいる。
円いものがとめどなく入るなか止め息をして、おもかげを立たす。
顔の丸を手許にひいてキスをすると、たがいの舌の白さがちろちろする。
ミニチュアの燎原だろうか。

天上が鏡の位置にあって、相互が天上を見下ろすように接吻している。
瞑目によって輪郭があらゆるかたちに呼ばれ、いっときも無限に流れる。
空で井戸水の汲まれる下を、そうしてふたりになる。
乳房がこの鳩尾の場所に収まるから、鍵穴のある扉一枚になったともいえた。

北門からの侵入をいまはこの一枚だけがまもっている、

曖昧の往復にうたごえを置いて、その奥を解凍の気配にした。
温度で変わる色があり、これを抱擁のあいだずっと感じている。
束のようにしてしか愛着がなく、
わたしの藁もあなたの藁も遠心のうつろいのままほぐされてゆく。
追憶のそこかしこは干し草や干し葡萄の匂い、童心の陣地もふえただろう。
固定がやわらかくなる、

これからはもう大道となった秋の推移をただゆく。

ゆきながら　降った木の実を、黄金の果てかと拾う。
手が詩文となるこの不自由をもって地上の大切もつまむのだ、

箸でもった白隠元に秋風がふいて　佳人の食卓はいつもやや流体。
（平たく切られた　なまのレバーは何の動物だろう、
星を描かれたわれわれの飲食は　草の増加への祈りだから
天国をあますべく　なにごとかを喰っていない。
晩すぎに浮かんできた亀の甲羅だともおもう。そんな上の空の静かさだ。
汲んで汲む。もう六腑は井戸の通路。
ゆくための手形すらやわらかいから　嚥下して影の定座へためる。

飲食の忙しさのあとそれで接吻を染めた。どこかが連灰になる。
都合三十の鳥のかたちが接合点に走って、深まりゆくものは壺、
たんにわれわれの由来をしている。
みんな藁の影で、みんな死なないだろう。

うみへび

秋に泳いで、このさぶいぼ。
体もなく半魚の野心が裏切られる。
裏から裏へおのれを遣って、そこにできたひとでの幾何学に照れた。
秋虫の仮死のように停止形で秋空を白く映せず、ゆくそこは、
別当の別の数まま異なうつつ長くうつろひ残心も延ぶ。

先験の不快がある、左向きの岩棚により左利きが見抜かれている。
身に左右がいつ生じたか。（鏡もない海底でかんがえることではないが、
半身の問題は半神を付帯する。（こんなふうに一者の左右を微光で照らすな、

左右を東西にすれば、定位なって西からクエの上品な脂がかがやいてくる。
眼下を鍋にして　水面の向こうに霞む私やおまけを見ているんだろ。
いわれた、「おまけはもうお化けじゃないね」。はらからやうろくず。
およいだあとをともなうもので海流と溶けあい
やっと形なしてきたうみへびの考えに　あったはずの詩語も分節をうしなう。
遠ければよいとうそぶけば詩論の出番だが、宿命がただ遠くを指すだけだ。

輪郭が恩寵なら（無花果をおもえ、
くちなわのたぐいにはもともと形状的恩寵がすくない。
草を鳴らし草を擦る生の瑠璃。それを藻の擬似闇に代えてまで、
不意でしかないこの身の紐をまっとうしようとした。
水を鳴らし水を擦る生の音楽。その他もろもろも付けられてついに対象となる。
左右の区別を惑乱する毒素のままだ、
砂中に睡る以外は　常にくらく舞う深い水の部分のまま。

以外がこんなふうに意外を帯びても、海流のほか視るものもなかった、
とうに知っていた、この流れも実体でないからうつくしいのだと。

巻かれる歌仙のような時空に、曖昧に伸びる紐として身をながした。
ワタシハナガレ　ツキヒハノコル、
懐紙は完成のあかしに結ばれるのか。
身をほどけという命法に
うみへびのかなたや　うみへびのこなたも集まって、
知られない海底の外延性をみなでゆきながら
もはら埒もない詩の連携へ賭けた。

言の葉ならぬ言の藻で
このエピキュリアンの野も
いずれ無何の秋となるだろう、よ
それだけを待つ。

知床球場

——以上つづった光の詩文は　毛と骨のあいだにある、
秋の夕暮にとりわけふかまった、地軸をおもう鳥のこころだった。
翔んで瞰下ろすときにのみ渡ってくるもの。渡ってきて鳥骨を消すもの。
ひいては飛翔さえも消し、西空を風の残骸に赤らめるもの。風でない風、

ひと日をかけて数百の蜘蛛が草原に花とかけた巣もそうしたものにゆれて、
ついには最後の舌を呼び　順に色のない爆発を起こしてゆく。
草原は草原以上をゆらり浮上する。寧日の瞬時の終わり、叫喚の消滅、
刺すかたちの知床が突き通される。そこにある秋蝶も群れのまま羅針化した。
これからは乙女の国のどんな薄葉に休らうのだ薄ばねよ、

鐘の音の尾がとけて、自同を交換する世紀がはじまっていた。
「私は私」「お前はお前」、そんな定言律の隙を草染めの慰撫でみたし、
肉声も草声にし、植物肩を下げ、恋愛は蝶胴の草汁をしぼりだす。
ずっと下校時だった。交換した片腕で最初にするのがそれぞれの自慰だったから
草が上空にこじあけている窓、そこでの悲哀も自転を複合するよう高まった。

「あなたのマッチ箱に僕のマッチを」、この構文中の人称は取り替えられる。
取り替えられることで　愛の自動がうららかな内延となり、
ロボット的自省でおのれをはかなんでは　手鏡にも虫の顔をみることができた。
前釦をとめながら「順番が大事」と誓う。詩文にもその信条を埋めた。
腕でなした円の惨状すら実況した、ふりかぶろうと自身に巻こうと。
もだんはこの姿勢のなかへ回帰して、心情の未来性のみを通貨とするか。
往年は球場があって、それらは空を臨み、地上多種の円と交響していた。

（そこの草のかたちはそれだった、（かたちだけが残って何も観戦されない今、
約束をになった走者が土に帰るため　ホームベースへ滑りこむ。
拍手もないままに実際に土に帰ったその幻をそれぞれの鞄に仕舞って、
ふみわけるこの末代の花道も葛へといたる岐路をもつかな
暮れてみればたがいの拳にも星斑があって、落日の完了までを握りあう。
この盟約を　どうしてあれら鳥のものでないといえるだろう。

まっくらになっても鼓動をつたえてみた知床球場からの帰り、
ハリウッド顔ベイブの聖なる滞空は　振り返らずとも、ない。
野球の語も草球を草棒で打つ淋しさの本義にもどった。
ならば自身で投げた球さえ　駆けこんでみずから叩けるだろう。
ユダ的自演、まさにそれで誓われるのだ「順番が大事」と。

全休の軌跡

あなたも彼女も風も。遠くへ響く装置として極で一致する。
私も影も。俯いて水盆に見れば食べ物のようにやさしく乱れている。
あるものとないもの。いつもふたつが輪舞をえがこうとする。
ならば天籟も靴音となって期待の鋳入る地面を遠郷で叩いているだろう。
その靴音と同調するように　あるいは明澄ともひとしくなって往ク、
五感へのしずくだ。刻々の音連れ以外にこの存在翅をふるわすものもなく、
繰り返しが旧いものをつねに鮮らしさにかえている。
（瑞々しさの理をここに盛れ、

上階のある橋をいくつ算えたか。稀少なそれらは高天原へとつづく。

そこを超えようとしては語源ではない場所へ導かれるだろう。
近在の景物にすぎないとしても屋根にすら辞書の外観があって、
装飾が本質というふくみも、あなたと襤褸のまま休らうにはぴったりだ。
一休が全体となるそんな予感の午後を、このささやかな秋の里程にする。

深処へみちびこうとする群落の花蓼が日にうすくなってゆく時間。
あらゆる仮象は崖にけぶっているのか　崖を摩しているのか。
物質の本性は手招きにある、そのゆくさきに残照のてのひらをみても、
石を拾いすぎる細川の河原が重い。河原は焼けて泣いた寺院の瓦も積む。
繊毛の容姿をした秋観音がそれでも源を仄めかして水音にながれていった。
公訳して水観音と呼ぶべきだろうか、瀑布が出自のものを。

水尾。後水尾。あなたと私は水脈となるまで日の衰弱にある。
靉靆の雲を捨てて「愛逮」の語を得るかのように公案にも佇つ。
包帯だらけだ、

ゆびで輪をつくれば、そこに単位の冥もあって祈りの動作に似るが
この暗号では不器用に生地間の距離を照らしあった。
そうして本歌なき返歌で　ぬかるむ芦辺に謀反する、

やがて変化を知る。野が退きはじめる渦中にあって、からだが揮発する。
一歩一歩のすきまに揮発のすじを知り、これをしも互いの裸身とした。
狂裡ノ遊山ダッタ、

眼の蒼い草獣があつまり　見交わしてなった存在の泉。越してゆく。
事前と事後が見交わした千秋に　おもかげのほか何がのこるか。
往ク——衰相の倍音をえがこうと以後は高く丘から丘のみを往ク、
在郷は全休の日々。

自炊

自炊の数%かは自分自身を炊いている。
支持体を取り払うと　秋の厨房も汀となって墨色のしじまがみえた。
西湖。水音だけに五感を溶かし　その冷えた炎で
大根や蓮根や人参、世界のあらゆる根菜の　受苦を抜くように煮る。
そのための出汁だ、
遠い透明だったが、できあがりは雪中の旗に見立て菊を据えた。
擂った長芋も置く。手先が白くなる。記憶も降っている。
置き去られていたのは自分の眷属だとおもう。
しゅうへん、赤いはずの楓がへんに黄色かった。

そういうものと供に喰うための、それぞれの一椀。だから食が回る、巡る。

料るには初めの刃先が決意で、その刃先も
あやつるためではなく　それであやつられるために
自身をそこにしずかに置くようにしている。（菜の眼を視るのだ、
あやつる。あやめる。あやなす、あやかる。
ひたすらに綾を借りて長引く料理人たろうとするが、
秋燈のもと根菜は皮を剝かれても本質の淋しさを多く変えない。
長芋が剝かれ白をあらわにしてそれが何だ、最後の女のようなものよ、

厨房の幽霊たちとは　移った円卓で冬の気配まで食する。
合議として食事は進む、地軸に分け入るように。
とりかわす言葉の代わりに酒にあやつられいつしか箸も黄金になって、
硯さながら西湖のほとり魚のまぼろしをみる。（えぴふぁにぃ、
まぼろしを口に入れる以外どの飲食がある。それでないと言葉も吐けない。

滋養も結合だとすれば
旧神のまぐわいがこの臓器蠕動に貫かれていて　あとはただ笑う、
「食べない」亜種の増加に辻も今世紀的に暮れたりしぐれたりしているが、
はじめに葉を口にふくんだ原罪で　えてるにてなどもう充分だった、

からだの今日の気象、あすの食事はあすが決める。
だのに、より原罪にかたむこうと　すでにあすの鳥肢に思いが膨らんでいる、
支持体がなければ、空の悉皆を夕焼けの代わりに喰おうとする暴挙まである。

言葉の徒であるまえの飲食の徒だとして、つどう仲間が謀議だろうか。
誰かと何かを食べて、庭先に思い出が来ている。
食べすぎればそれぞれ順に厠へ往くだけ。食事が通過に似はじめて、
ついに人界か魔界かも知らず　そこに
にじみだす順番だけが切ない。

秋収め

（棕櫚や蘇鉄のなびく夜、温暖化の効なって路上生活も快適になる。
十月、われわれの秋収めは車窓のとおい光景の過ぎゆき、
あっけらかんと地面も秋月へ口を割る。感慨が亜熱帯になろうとしている。
メコンから、盲目芒の茂る利根の八州をたどった千たばの都鳥の献身も、
すこしは少年男娼の悲哀に馴染んで、はらわたに透るその脂を惜しんだ。

魚を夢に泳がせては夢の材質を泥水にかえたこと。
発声に蜘蛛の巣をねばらせて空中浮遊する老舞踏家を釣ったこと。
ランドセルに縦笛を挿しているあれら美しい迂闊を行状に俯瞰したこと。
弁別に思考を要さないよう音のない重箱を小さな測定器にしたこと。

手中にできた羊のてのひらで羊の肝をなま啜りする。そうした再帰性で、
杉がぐんぐん伸びるような温帯の栄華に　きんの斜線を入れたこと。
弥勒や　百獣の長と共にあって、佇みのここを定着への献身姿勢としたこと。
アジアもまた点在の配置にしるく、それで花粉を運ぶ路程がうるむ門乞いになる。
こする風となり一介の摩擦ともなり町々は埃の追想へ姿をかえた。
往くことがいつしか「還」の横顔を帯びてわれわれの容姿は草の匂い。
山茱萸、別名「秋珊瑚」を身に重く飾って火の泡のように翔ぶ、
帰途の思いを秘めたこの振舞が　山畳にも呼応して天への階段をつくった。

たゆたう煙で近代の最後の顔も消す。
こんにちは金柑・柑子・柚子・橘、
山茱萸の密にまさる大きなあなたたちの点在をつうじ現れた橋梁が白くなる。
そこをまずは温帯のけだものに渡らせよ。
追続が叶えば、彩りゆたかなマレー獣のもろもろで彼方、全集も成る。
獣らがあしびきの山にあゆむ長さを感じ、ついに跛神の一統となること。

渓流の水平に馴染んでは、言葉の一回性、瀑布の垂直にだけ嘆声をあげること。
嘆声の余韻だけがある、嘆声の余韻だけがあった。
そのようにして行く末には、
われわれの長考の秋が収められる。

春ノ永遠

二〇〇八年三月、ブログに連作発表

西から夕方になる日に
東はいよいよ暗く
かわほりを懐かしむ雲
野川沿い　歩く私は
歩行しつつその歩行を
ぼんやりと仮想している
死人が掘り返したような
やわらかで優艶な黒土
落ちた椿を避けながら
組み立ててゆくこの足跡で
胸板を湿らす春の訪れも
肥沃のにおう幾何となるが

問題は雑多な足許のはこべ
「はこべ」「はこべ」の印に
すべらされたスカートや
リボンの風が絢に膨らみ
要らぬ季節さえ運ばれてきて
雲上かと迷うほど
足許が千々にざわめく
ここに近づく夜はたしかに
春ではないとおもう
冬でもない——ただの「闇」
ただの「外」、ただの「余り」
おかげで嘘が嘘たる要件を
霞む脳髄の奥でかんがえる
それは閉じられた円が
ゼロになる急転と関係している

あるいは母神の眠たげな愁いか
欄干から滑った昼ぼしか
たとえば頬には絆創膏があるが
その絆創膏のしたでこそ
新たな傷が生まれると知り
私はそれを芽吹くまえの
柳に貼りつけて去る
繰り返す永遠の永遠を
ただ去ってよごす
犬として算えられる身空に
犬の数も放ってやまない
その吠え声が架け橋だとして
咽喉から割れるそれを
ふかくに苦く飲みこんで
咽喉はシベリアに割れる

白木蓮の開花へと
ひそかに身が寄せられてゆく
あこがれた死地というには
「それは場所でない」
「何かの約束は場所でない」
地上に下りた甘露はしかし無魂で
爪型の月が来月を掻く
恋にいなされて習う
水遁の術　土遁の術
ならばこの身が発するのは
死者の馴染んだ風遁の術で
「動くもの」の意味を
無意味に向け倍にするだけ
亡霊ならば無い風に吹かれる
風の無さに身の無さを貫かれ

身軸の空転を早ばや回される
行く手に　かざぐるま無数
泉が噴いている糸を目にした
私に似ている多くがある
揺れる草のあいだを測る
私に似ている多くがある
瓶詰で通信された溜息が
己れを振り返る気風となって
まぼろしの気球が夜空にあがる
アスナラウビト　トコトハ
「かえりみる」の動作は
そのまま抽象語となった
消えた者の美しい仕種が
歳月の厚みをつくりなす
夜空から地面への距離

地に「かえりみる」一人となれば
驚いた眼を抜く砂男たちが
スカートの裾よりも湧き上がって
気配はしかし刹那にして歇む
砂でできた有為なものとは
くびれ麗しい時計しかないのか
をんなたちしかないのか
眼下にあった砂絵は買わない
ひとつの微塵が別の微塵になる
カレー粉の魔法を味わっただけ
泉に沈む女のほほゑみが
すべてをつなぐ味になるとして
さきわいの味行きかう内海は
水に魚ではない花弁を流し
「透明といふものは」

遠さにしかならなかった
砂浜に長らくしゃがんでいた頃
身にはいったのは陽と風だけ
軀の軽さを羽虫と分かった
数々の私が廃屋から涌いた
その痕跡もまた虹ではなく
ただ透明となるしかない
おまへの根拠となる愛情を
どの春えだに接木するか
性愛をどんなキメラに描くか
性器は消えかかる砂洲にして
乗り上げる砂の細舟を待つ
川の流れ　羽虫の流れにして
時間のくびれる瀞を待つ
あの川はなかに砂が多い

砂でできた横顔が多い
横顔がとみに流れてゆき
繰り返す永遠の永遠を
ただ去ってよごす
川沿いを歩いて私は
そのまま川の悪鬼となる
悪鬼となったいまは
行く手に塔が透明に伸びる
空を支えている四、五本
四、五本の「ありぬべし」
天上が伽藍だとして
そこから淋しい雨が
浪々と降りだすのはなぜか
見上げる眼も散ってしまう
おうよ現在はかぎりなく

時を決壊させ充血する
血紅こそ膨らむものの証で
芽出たい思いが枝にさまざま
空間を思考すれば林の疎らも
シチュウのように煮詰まり
あたかも美しき賄いの篋は
アブクする表面を
月の海となるまで
さわり撫でるだろう
「名月が来月に出た」
端的には腹が減った
減った腹を愛撫して
再帰性のあこがれを知る
性器以上のことだ
「ここがここだ」

原則1　蛸の己れ喰い酸鼻
原則2　詩の結節が蛸足配線
原則3　食べられぬ果物を恋う
原則4　群青のかなたに
原則5　看取られねば外観染まる
（染まって周囲に消える、）
「底だ」
ならばとて廃線の果てを歩いた
さようなら、雁の斜線
あるにない果ての淋しさ
花を落とした水仙の
「ありぬべし」十四五本
廊下で枕を交わした
痩せ女の髭のようだ
廃線の起点からはいまも

陸蒸気がまぼろしに向かう
ねじ仕立てにあらず
ねじこまれた挨拶に
寄り集まった近隣が固まって
おぼろは牛乳のやりとり
お早うがこだまする朝
里と俚言の内なるを恋う
すめらぎ棲む濃緑の内灘
植物の名ある二人のたれか
水を封入した封筒を
惜しんで交換した
私はそんな処から出立
以後は翌朝つづきだった
ひとつの朝と次の朝の
菫におう境界線を

鳥肌立てて超えただけ
鶏鳴を見　湯気を聴いた
私を私が弁償して
朝ごとにその額がふえ
扁額にも雁の斜線が交差した
いずれは野焼き跡で
「身を土筆」を拾う
土筆は通り雨の消えた空に
今日の京　その様子を書く
私は空の破片を探すから
路上にてとりあえず拾う者
繰り返す永遠の永遠を
ただ去ってよごす
とりたてた別命もなく
朝がくれば疲れがふえる

蒲団と額の間柄が
陸を水が撫でる汀めく
思慕というより春愁あって
往年はひねもす眠った
一帯の秤に乗った
その不安定な寝姿
取り払われた
屋根の下ともなって
寝所がすでに世間だった
なんぢ嗜眠の歩かぬ旅びとよ
ぬかに羸王のしるしがあるか
樹の洞にぬかを当てて
ありし日の木霊の
八尾の別れを聴くか
草野　木野　花野

歩くごとに明けてゆく
腐葉世界の植物相
花と花とをつなぐ
見えない世界の根茎が
連翹の咲く場所を定める
連れ立ってゆくひとらの
耳打ち話のしあわせ
「草の花に青あって
樹の花に青なしか」
憶いだせない、眠りすぎて
立ち腕の下に横たわった
女の眼の挑みを憶いだせない
そこから鬖鬔が
終わったというのに
以後は翌朝つづきだった

櫛はあるよ　旅路に
櫛のみの化粧ありけり陽炎に
春の行人は身を薄くして
名残すらとどめず
眼路の奥をただ拡げた
たれかに見られて
周囲に染まる行人の私も
路上にて何事かを拾う
便りはいつもそこにあった
頼りないかもしれない
季霊からの来信は
ひかりに目潰しを食わされて
もともとが頼りないかもしれない
やがての麦でつくった帽子
二爪に割れる牧羊型の靴

体毛で己れそのものが妖しい
いよいよもって山海経も怪しい
あそこに私の遠つ祖
なら眷属もいまだ浪と区別なく
春の海にのたりただようだろう
ただよい尽くす玉もあれ
だが　ひそかな噂は
「王に点を打てばちいさくなる」
そんな点打ちをなりわいにして
辻に小屋を構えたこともあった
代書しつつ点をふやす
恋文が髭だらけ
契約が釘だらけ
濡れた便りを隠しもって
「群衆のなかの孤独」

歩きつつ身を潜めれば
（これを歩遁の術と謂う）
往来に三千、選択肢が拡がる
僧を吸うこともできれば
躁も四五日つづけられる
いずれ己れそのもののぱれえど
ショウウィンドウだけでできた
売り子のいない商店街が
音もなくなって淋しい
巷は全盲　ぎんいろ
サンズイに林の合わせには
法螺話に笑う人里がない
尻はしょりの労働もない
何よりも歌が消えている
めくられようとする時間

頁の花粉をはらったそこ
林には陰謀の水が巡っている
水が何事かを縫っている
オールド眼鏡の風琴弾きの私
まぼろしの乞食のあいだを抜け
陽だまりに捉えられてしまう
冬に重かった眼鏡は
夏には自分の瞳と連続する
だから春だけ景色が二重にみえる
晩いものの愁いが
にぶく名残の尾っぽを
頭に突き出しているから
出現と消滅の順序が逆立ちし
春の鉄棒の一本線だけが
まきばからの淫猥に

停止をかけている
逆さにぶらさがる女の子
せせらぎが風を返してきたよ
いずれにせよ音楽院の校庭で
人らの重たかった外套は
打ち捨てられてそよそよ揺れ
裸木にぶらさがったままだ
あまのかぐやま
イカれた眼ではなく
眼鏡がそれを見ていて
きんがんは金魚の
交配のように淋しい
みえないのを言い訳に
他人の家も通りぬけてゆく
繰り返す永遠の永遠を

ただ去ってよごす
おかずが竜田揚げだったと
千秒経ってから憶いだし
（鰆がとりわけ旨いとは）
こちらはてのひらのうえで
長年に冷えた飯をむすぶ
自分を延長するんだ
たべものといのちをむすぶ
日々のちいさな反復に
クスクス族の叛乱や
笑うひかりのさざなみ
をんなのような豆腐を
近江で食べたいなあ
笊から引き上げて
をんじきが浚渫となる

その深さを食べたいなあ
春に鍾あればこそだ
裏書された鰆は淋しい
皿のうえにないものの
いめえじの原始が切ない
魚の美貌の古さ
それがいまここにない
あるいはコゴミやタラノメを
童の裸をタオルに包むように
天麩羅の軽さに仕上げても
ひとは捕捉を食べるのを避け
衣との隙間を食べようとする
「春だ」――「天使の春だ」
春の錘は食事中の天井へと
そうして引き上げられる

なんの話をしているんだろう
食べたいものの胸算用が春だ
だからその奥から続々と
猫柳や金鳳花が行進してくる
局所的なにぎわいに
姿の擦過がつづいて
をんなに　あるかなきかの
うつくしい鰭が生ずるのが春だ
それを見る眼鏡が恋して
その後ろの私が遅れだす
をんなたちの二重性を
春は野に放ってやまない
裸女の立体がみえる
春服を着たすぐあとに
それを風に放ってしまい

季節を無化する者がいる
立派な太腿が美しい
窓辺の洋燈も依代なら
学童の弁当も依代
ならば裸女に淫猥な神が
なんで降臨しないことがあろう
野は交通混雑にして交易過多
麦と粟と稲が交換される
鋤かない鋤が
野の果てに転がって
打たない田を統べる
あそこが友の庵
あそこが不在という場所
神々の牛車がゆっくり
真珠母の空を流れてくる

拉致した数々の小竜を
排気ガスにし万端が進む
野は原にして乳色にじむ水殿
四阿から　触れあわぬ二者が
まぐわって糸を流すのもみえる
いつの間にか暗庫を脱した蚕が
翻そうとする白魚の指となって
裸女の腸をその尻から引き出す
はらわた溶ける思い
千の眼が正午に散る
をんなとせせらぎの区別がなくなる
眼瞬きにして始まった
その運動が裸女の構成物質を
刻々と露わにしてゆく
（何という自然界の抽斗、）

蝶を算え　蕨を覚える
虻を見て　雲丹を感ずる
この身がアクタイオーンになると
路地でつながる此世の各処が
無で無を流す沐浴に充ちる
木霊は通過者にして異説
凶兆のみを人の顔して語る
くだんを消したあとは
ふたごがのこるから
一人の裸女も二人の着衣だ
その結果が虻の羽音だが
サロンびとプルーストはそれで
シャルリュス男爵の男色を
五月的に表象してみせた
きいろい此世には通路が

無限にちかく行き交って
全連絡も蜂の巣状ということ
だから昨日みた木瓜も
おしろいの裏に沈み
のこった鏡は蒼白となって
野の一切を拒絶し
今日の木瓜ならば
やるせない鏡の井戸から
ふたたび引き上げられるのみ
繰り返す私も漁夫ではなく
もっと形影的なもの
たとえば釣瓶に似るだろう
(回転軸付きだし)
鏡のそばにいる者は
実は世界の涯を沈思する

黙想の法則にしたがって
馬酔木にて馬も酔う
闇から出た脂を酒に
うすらびを肴にする典雅
馬がいて野が淋しくなる
日は昼野を罅割っている
そこで花を喰うのが餓鬼
野焼きに縁のない土手で
私は安煙草に火をつけ
消えていった昭和とともに
爛漫きざす春の
不穏な動勢をひたに吸う
こころ　まがなしくて
魂のない裸女をみたあとは
歩くことで追憶をふやす

長頭人の面影が際立って
淋しい木製の笛音が包んでくる
老婆の顔が気に入って
茶店で買った饅頭を割れば
現れ出た味噌餡の黄の瑞兆に
歩行も自然と西方を目指す
東方朔の名のある者西方にいた
片脚がなかったのかは知らないが
王宮をよぎる歩調の異状が
瑞兆にして転覆だったろう
王と道化の対照が
チャイナの琴瑟だった
琴と瑟とが並べば
空間に楽それ自体が流れる
だから心ある旅びとも

歩行のまにまに
アメリカのカズーをのこした
繰り返す永遠の永遠を
ただ去ってよごす
鳴れ、野原
響け、残り馬
裸女を放生さす
何事かの意志に添って
根本的にあたらしい
着衣のをんなに出会うため
蓬に脚を紛らわせては
笛音のように横長く
歩行は歩行する
その昼にして私に
形影がなくなる

私は餅だ　餅肌ではなく
正月からをずっと
水のなかで膨張した鏡餅だ
身のまわりの菌が
ひるの星と輝いて
中空に浮ぶこのありようが
すでに気味悪い詩想となっている
てのひらのかたちが植物の起源
胞子を摑もうと指先を外し
それであらゆる分岐が
植物相の系統に起った
紋黄蝶が猿となる歴史
永遠をまえに心許なくなって
くらげ傘をもてあます少女も
じっさい路傍にふえている

「今日は晴れの日だよ」
魂のなくなった者には
だが説諭がなりたたず
説諭不可が鴉の操る象徴となる
和田堀公園はそんな
ソフィストたちでいっぱいだ
ソフィストがプラトンを
逆規定したということだが
いぜん空は空として飛ぶだろう
残される天心が
またもや重たくなってくる
日は霞み　日はない
代わりに手許の焰が
仄きいろく見えだしてくる
「そんな色だ」

鵙が掠めて気づいた
柳が今年も芽吹いた
淡く細い線をただ垂らし
流れぬ水をただ揺らす
あの弱い姿はけっして
望まれた植物的形影ではない
風のないところに風ありと
告げている柳には
風と地震の区別も
元来ついていないだろう
ひとのいない釣堀がぽつりとある
店主の背後に百年ある
おでんの鍋も温められない
釣堀の堀はひとがいなければ
ただ穴となってしまう

さかなも溶けている
なんという恐怖の時間だろう
眼を瞑って十数秒を歩く
繰り返す永遠の永遠を
ただ去ってよごす
蕪村忌いつ　ジャム忌いつ
忌日が季節の隧道の
巻紙となって行く手が伸びる
「遠足」という語がゆかしい
春いちにちを歩いてしまう
野に伸びてゆく歩行を感じる
げんげは踏まれて香り
ウマゴヤシはひたすら
いっときを水に映るだろう
横に流れるもののなかに

数々の縦があって　だから
時間と空間と偶然が同一になる
春のここかしこの鬱血は
色としては黄金をかたどり
恍惚とこぼれだしているミモザに
ひとは過去を感じてしまう
庭先が逢わぬ恋を盛って
家並が埋もれ陽を受ける器となる
だんだん地上が傾いてゆく
春の窓は拭かれなければ
恋の捕囚を鎖す晴盲の眼
「見えない」と「好き」が
同義となる今世紀のことば
下敷きに籠めた静電気で
胸のまえに屏風をつくる

ばるこんの青眼の人びと
恋をしに行く阿呆たちの一方で
乳を捨てにゆく小さ親がいる
山グミはその栄えを待っている
彼女の子どもはどんな
春の片隅に霞んでいるのか
幼獣に似ず髑髏に似た子も
私のようにいただろう
こち　にし　はえ　きた
乱針が地上をぐるぐるまわり
鳥の巣に打ち捨てられた
春の乳をせつなく嗅いだあと
私は春の別の色に直面する
青麦が虚無のように伸びたそこで
大量の青麦が自身ではなく

地上を揺すっている
電気が現れ　空間が響こうとしている
その揺れのなかで
形容すべき緑色が
抽象的に蒼褪めてくる
「あれは植物の色ではない」
実らぬことへの誓い、青
万年の青、鳥も寄せず
毒々しく揺れるだけで
ひとよを過ごそうと
畑はみられるのも避けてきた
春眠が春の全部であるそこで
さわさわ鳴っている音は
むろんすでに音ではない
こち　にし　はえ　きた

乱針が地上をぐるぐるまわり
あたりはみられたことで冷えだし
「それを見た者は死ぬ」
死ぬはずが鹿になった
ロンリネスイズロンリー
中年に学なりがたく
行人に行人を代入する
眼の縁起もつづく
あこがれはつねにはかなくて
世界夫人が面影に顕つ
いつかみた手すりや
曇り空、欄干の珠
春にたくさんある揮発で
空間の奥行のみならず
思い出の縁も縫われてゆく

「青いものをあんまり
みすぎちゃ駄目だな」
春にたくさんある炭酸から
発見される泉も
行路に並べられてゆく
日が終わろうとするころ
ここかしこがシュワシュワ
消えそうに鳴っているんだ
ああいうのが綺羅だとおもう
あらゆるものが蟄を啓いたのち
萌えだした蝶が目指す
発展の狂国もある
夜に行くのか
花粉王よ死ぬことなかれ春の杉
夜に行くのか

目白が花を嘴でつついて
蘂の奥　暗い宮殿を
おのが眼下に展こうとしている
そこは蒔ではないだろう
菜の花の帯が河原に光りだす
地上は乱れ星の行き交い
水から浮びあがってくる蝌蚪に
今日からの梯子も垂れる
いつのまにか
行く道が階段だらけになった
藍色に暮れる空に
一切が続こうとしていて
たしかに湯気を放つ周囲も
階段のかたちに沿い
揮発しようとしている

中年に学なりがたし
浅慮の鳥瞰を排し
動くものだけ視覚しながら
細かい回路にはいり
花蜜の裸女性を
自分へと代えてゆく
そんな虫瞰思考を奉ずる
観察記録が数帖
松の花の奥にも泳ぐ
うすべにの鯛を看取るまで
をんなのうつくしさを
この虫の複眼に並べてゆく
あんたの眼は屏風
私の眼は億面鏡
臆面もなくなるほどの

花粉の巻き上がりの底に
一糸纏わぬ世界夫人
肩噛みポーズの物憂いねじれ
あれが春だとすると
このような擬人化じゃないな
政争に出入りするあぶくなどは
数十歩離れればいっときの視界も
袈裟だけになってしまう
歯止めなく離れる川波に
釘刺す女の立姿を置いて
ヴィーナス画の素早い完成
レモネードの川数千
ただし予感がにれがんで
虫の複眼には夜に向かう
牡鹿頭部も並べられてゆく

眼は眼の底を
再帰的にみている
角切はいつ　慟哭はいつ
孕み鹿のあふれる春がせつない
三日月が濡らす
若布のような森があわれ
行人に行人を代入する
眼の縁起がつづくが
鹿さえも代入してしまう
神人同型説ならぬ人鹿同型説
何事か囁かれた音も
千代紙の淋しさの鹿語
盃でことばの遊弋を伸ばす
店主をへだつ襖が
洛外の野となるまで

人と人のあいだに鹿語を泳がす
干潟のように美しい女の頰に
眼を近づけて溢れるものを見る
涙の伏流する白さを見る
甘露を咽喉に流すこと数銭
盃の底、あかるい遠哭き
身に鹿の気配が充ちて
隻語に眼の色の春が
百年後もかくやと流れだす
さようなら、鹿夫婦の舗
繰り返す永遠の永遠を
ただ去ってよごす
ハッピネスイズハッピー
あすも春の埃をみるだろう
しらうめの花散る夜道に

足を置く感触もなく
天空にかかる獣帯が
帰宅するまで続いた
誰が私を鹿に変えた
誰が私の眼を虫に変えた
私を見るな
（私をみるな、）
（孤悲に衰えた姿を）
部屋とは明りをともし
明りを消すまでの偶感
そのなかで土産にもらった
棒鱈を煮ようとするのだが
春のみの春のように
何かがあって何もない
紙雛のごときものもない

並びたつ十四五の霞
畳のうえに「ありぬべし」
朝になれば窓も姿を現すが
それまではぽつねんとある
この眠るだけの部屋から
ひかる干潟の周囲がみえない
木綿の寝巻に身を包む
ゆふとは人肌を真闇に
焚きつけて昇らせる感触
墨色けぶる身の周り訝しんで
偶然この一角に立っている
春や春　台所も硯に似て
書かれる字のまぼろしをあらしめ
繰り返す浪や水の迸りで
手許からあふれるものを

渡りの不帰に代えてゆく
想いはただ語の後ろ姿を追う
樹下の父母を唄わない
摑まれて手先に炎えようとする
泥鰌の冷たい熱なら唄う
手綱もつ私だけに姿を現した
僧形河童の嘘なら唄う
爽やかな女は水菜に似て好きだ
線に還元される物象がこのみ
すれちがう人の郷愁のように
語にも面影の一過がたえずあり
それらが一瞬を隣接しあって
字を置いた空間が人世の成行
メカブのように粘ってきた
むろんその粘りもはかない

太平の黒髪の
墨流れの動物臭の
斜めにしてこぼす盆の
あかときの女房の
しゃがみの畔の
股座のようにはかない
語は隣接によって吹き返す
目白と目黒が隣りあい
内藤が折られてもぐれば
不動の春が一面　梅に匂いだす
人があちこちに生まれ
あれこれに消えるから
変化する空間にも斜性ができて
結局それが宇宙裡に
傾きを繰り返す盃となるだろう

誰の飲酒だろう　いずれ
「光」一字では歌にならない
ひかりは二号の軒先に滲み
桜待ちのその顔を
照らして隠すから
市井によくぶらさがりうる
語から滲む淋しいひかりは
隣り合う語から掘り出される
語はそれぞれ霜月の
蓮根のようなもので
卸されて椀に浮んでも
天体的に花曇っている
全体が粗忽者の顔を摑まえる
朝の蜘蛛巣のようなら
もっと策謀的でもっと美しい

語のさみしさを
オパール玉とみがいて
鈍いひかりを流れに一通させる
この貫通が誰にも寄らぬ便りになるから
ひかりといのりも手許に似てくる
愛し合う人と鹿だが
空間は奥山に隔てられていて
時たま土の匂いする鹿は
時たま鹿の匂いする人とちがう
このちがいを灯すことによって
中間点にある都大橋の
昼星を見上げる雑踏が
野の麦のそよぎにもなる
いまさら都市なんかねえよ
百年経てば階段も

踊り場だらけになり機能を失う
誰が上るんだそこを
花籠にいっぱい春を入れた
少年の後ろ姿の
脛《はぎ》の薄白さだけが
面影に変じてしまう
季節以上に動きやまないのだから
いまさら都市なんかねえよ
やがての福音に踊って消えるだけ
繰り返す永遠の永遠を
ただ去ってよごす
これらは簡勁手前の
蔵書を枕のよしなしごとだった
順三郎とは蓴菜の異名
夏の沼まではまだ遠い

だから今夜は沼を唄う名手
その詩篇を手許に引き寄せる
朝を呼ぶ寝酒は
文字通り一献のみ
盃ではなく私を傾ける
スケアクロウが胡坐になれば
変性木のように傾いている
藁だな、これじゃ
だから身の奥から笑いも涌く
泣きを泣くなら
笑いを笑う
停滞が気鬱な反面で
迅速が可笑しいらしい
無常に抗う手立てはある
私が鳥になって

地球自転と同じ迅速で
夕方の空を横に截りつづけ
そうやってずっと
「夕方の国」に棲めばいい
葦を眼下に　早池峰を眼下に
おろしあの帝都を傘下に
つんどらの美事な綺羅も遠くして
きっと三日が生きられるか
照らしあう地上との三日
やがてその天罰が炭化する
(照らしあう百年なら
書冊のなかに煙るだけだ)
だから書物の世界に
写真集が生じたのを
私は鳥になりかわり慶賀する

もう百年単位の蓄積
人びとの朝を撮られても
人びとの夜を撮られても
夕方の国がそこに捉えられて
行人の外套には悲哀が灯り
水兵の制服には海からの尾が曳く
讃歌というにふさわしい遠さ
春には春の埃が舞う定離だ
都電が電線とともに街路を截り
そこで街に本質的な
多面の鏡も露わになって
いちめん曇りだしている人の溜息が
たとえば花盛りそのものの迅速を
花粉で重くなった軀とともに
全体に返すだろう、それが春愁だ

皮を指の脂で穢し
夜硝子の前に置かれた
数個の霊的な苺（分裂）を
数日で駄目にするような愛着
人びとの気儘に上乗せされているのは
およそそのような自省であって
だからこそその脇に霊柩車が
魚の幽黙のように行き交ってしまう
（いやあれは慟哭を誘う馬車か）
笑う、愛着の毛深さを笑う
頭上の途轍もない不明物の反りを
からから鳴る脳幹の爬虫類性を笑う
大根とは地の秘密ならずや
そのまえに
大根の花とは祝賀ならずや

秋の通草とはひとだまならずや
そのまえに
通草の花とは祝婚ならずや
赤米を買いに出た街の無数は
仄ひかる大根の花にして
そのなかに丈高く
通草の花も昭和のように混じる
だから地表全体が傾いて
自転も進行しているとおもう
自転とは形影溶解ならずや
私も私の花子も流れた
語も街と同様
迅速を先駆ける鏡片となって
川太い流離を映しつつ
岐れる思惟の行末に

数条届かなければならない
一語一語の四囲
一期一期の帰雁
兜子が遊んだ野蒜摘みも
詠まれて以後の永遠を
遊ぶ指とともに流れる
語が面影になって人肌になる
その人肌の皺を光が這い
人肌のしたの肺を俳が映え
おもわず流す駄洒落や尿もある
側溝を流れる尿の迅速
三日経てば忘れられるが
それでも身に語の
小骨のごときものが
懐かしく刺さっている

身の身たるゆえんを
恍惚として放尿する旅びと
繰り返す永遠の永遠を
ただ去ってよごす
今夜は厠で身の黄金を流し
まにまに飲んだ美しい茶に
浮んでいた春を憶いだす
たった一日をみたしていた
それだけで満杯の迅速
寝床に着けば即座に
越人と過ごす浅い夢もみる
身の縁がなくなってゆく
この無名化が蘇生のコツだ
あれが春　これが春
春のおもてはいつも低く

この低さあってこそ
春の高みも不吉にぼける
なんということだろう
語が舞えば色んな誰何もする
万物さん　観音さん
野仏さん　咽喉仏さん
木の実さん　七さん
ただ七生を裏返る
裏返っては着物裏の色をこぼす
田の中に
田中誤り
田中消えゆく
かくのごとき次第で私は
睡りの真闇へゆっくり墜ちた
まどろみを宰領する

貘や犀などのけだものも
ぶらさがる軸のなかへ静かに入り
音楽の霞になりかわってゆく
濛々として彼岸あり、沖
みな穏やかで　なるほど音が
本来は別々にある空間をつなぐ
恩寵の媒質となることもあるだろう
電話の類を謂っているのではなく
ひかりに似た音が
内海を悩ます出口のように
「たえずそこに」在るということ
人を放逐する出口として
羽音にまず指を屈するのも勿論
夕方を垂れ込めるあの藍は
牧人にとってどんな聴えだろう

手にもった古代からの小鐸を
脇腹の横で鳴らし
暮れきった羊を帰らせるついでに
火の降ったたった一度を
記憶にしいて蘇らせる営みも
彼自身の落陽に向けた遠見を
犬の古質の瞼で覆ってしまうだろう
（間違ったのか、最初の発語を、）
語から滲む、音の淋しさ
ハウストロングイズマイラヴ
学びの悲哀と引換えに
黙読を知った者ならばもう
紙面に人のつながりもなく
たとえば季節の推移だけに
こころを無駄に動悸させてゆく

岸から岸をゆく　この
まぼろし以外に何がある
語から滲む、字形のあかるさ
それらを裏切るように
音が紙面に夢の穴を掘って
それがやがて亀裂ともなれば
亡母以上に冥くなってしまう
摑んでは消える紙のあたたかさ
綴じて束にしたそれは
読まれた即座に照応を否定されて
自分の落ち着く炉辺を探し
透明化ののち炎えようともする
愛される女にはだからいつも
紙、とりわけ羊皮の手触りあって
字が紙背に茫然と流れてゆく

恍惚の瞳が混濁となり裏返る
にんげんには最も辛辣な時計
私の底なる睡りの本質だ
現れの底が本質の底と出会い
何もかもが平らになったら
「紙って怖いよう」と
思考に生じたあらゆる痴性が
子供じみても泣くだろう
それを笑いが笑う
春を紙の鏡に放れば
そこからは夾竹桃が匂い
桃李特有のおちこちもできる
全体の円、春野萌ゆ
だがその全円が
空間でなくて音ならば

紙を裏切るものも実は
語の単独をつなぐ音だ
その音を抱き締めて
詩を書く痴れ者は
詩作についに立ち往生し
「春は泥濘だ」 などと
自らが泥の柱となり
溜息混じりに呟いたりもする
ブニュエルならば
「十年後」 と字幕を入れるところ
とりあえず恋句に選ばれた字も
自らに恋着して　だから
自ら刺されるとどめとなって
ああ恋は恋の周囲にこそ
中心なく滲みだしてしまう

全体の円、春野萌ゆ
ひとりの女を愛することはできない
女をつなぐ音の実質、女神も
ついに霜月に引き上げられる
同じ姿の蓮根にすぎず
しかもそこには通路まであって
さらに音が冥く流れてゆく
夢の底で出会うのは蓋しそんなものだ
音ありて極小ならばわれ聾者
恋句とは恋の座にある像の穴
羽音も器官もすべて無音で
花のうえを妖しげに搏って滑る蝶も
実は悲傷の刻々を叫んでいる
或る蝶は春よりも纏う色が多く
その反世界性も知れ渡っている

虫眼鏡を当て
蝶を寝床で魔近に視たのは
メスカリンに命を容れたモリソン
さてはチャイナのいにしえにも
蝶の叫喚が仮の世の伝導だと
語りなした賢人がいたかもしれん
夢をみて夢を知らずにすぎて
繰り返す永遠の永遠を
ただ去ってよごす
私を愛すのは私だが
極小幅での条件付だ
だから夢のまに描いた紙も
飛翔的に溶けてゆく蝶だ
蝶は紙にあらずして
紙のごとき怖さ

蝶の夢から醒めて私は
周囲の干潟に異変を見る
まずは存分に朝になっていた
だから　ひむがしに現れ
倨傲にみちた遠い代表者として
一枚一枚　夜の衣を脱ぎ
高さの梢から低枝へと
順に白い羞恥を灯らせてゆく
あの朝神の無言の来訪を
けさは怠惰でやりすごした
すさのおおう　あまてらあす
私たちはともに穴を境にして
出立の機会をもとうとしていたが
またも身への忘却を描いた
干潟には象の足跡もあった

冬のあいだに殖えた墓標を
蹴散らす狼藉を恣にして
春の根深い地下から
屍恨を奮い立たせていた
「私は晩神　遅れてきた者を
蔑ろにはできないと報せる」
柳が予感していた揺れで
悪い小木の発芽まで揺さぶって
どんな含羞の鄙でも
そこを虹の都にしてしまう
みなが野良仕事を怠り
嗜眠の檻に嬉々として入る罰
象は像の別名　通過したことだけに
意義を誇る古拙な獣王だ
誰も姿の実際を見た者はない

（像だからだよな、きっと）
おかげで朝神にもたらされた
部屋の事物の稜の明澄も
解読のあとのように穢れだすが
私の指のよごれだけは
霧と陸の隙間にもぐって
草獣をまえに嘆き節を響かせた
鈴からの伝導に関わっていた
（あれもまた夢の一部だったか）
井戸で水を汲み　顔を洗い
失っていた目鼻を取り戻す
焼け跡で拾ったラジオをつけ
白木蓮の祝婚の尖端が
オーロラに触れた数時間前も知る
重たい鍬を軒先から軒先へ擦り

金篇に秋の構造もいぶかしむ
いずれにせよ草冠から数が湧いて
藪の奥へと禅譲の起こる
最初のけたたましさがやってくる
春が罹りだしたのが花柳病で
病む犬同士が空間をつなぎ
藪を神にするための結界もできる
盲目を罹り　狩猟を患い
恋を罹り　不定形を患う
復活は罹患にして電流
だから税吏ですら交わす握手が
里では微妙になってしまう
落椿の一瞬にも目覚めてしまう
恋の気配を隠すためだったマスクの
別途使用の横行とは何か

花粉と折り合えなくなった者の
存在の悲哀そこのけに
マスクの型すらそこに変わって
みなが自動改札を抜ける
自動ロボットの迅速を自覚する
駅々では春の電流もつよめられる
元は「うまや」だよ、そこは
昔の駅前には馬も繋がっていたもの
電線の消える場所へおいで
担ぐ行李を身からほどく場所へおいで
花柳の果てに消えたことごとが
食みあう哀憐として
沢庵を存在論的に乾かすのが春だ
咽喉の詰りは嚙めば癒される
だからそこに俳が忍んで

歩きも小幅になり背も屈曲する
花庭に転がった土色の桶
その先が真の藪知らず
獣性が物の見えを覆ってゆく
遣り繰りに蒼褪めた母親を
ケダモノとして見上げた昔
詩法が已れを縛り濃紫に変わるのを
ケダモノとして見下ろした昔
瞑目しない峻烈な眼として
ただ降雪を引き入れていた水に
最初の眼疾のように萍が生じ
それが尚さら動いてゆく
動いてゆくものはどこへ
峠を上り下りした吟行の句帖も
無惨に汚れるままになるだろう

繰り返す永遠の永遠を
ただ去ってよごす
水面には落椿の数だけ
先んじたものの詠嘆がある
上流に棲むひとへのあこがれも
浮び流れる人糞を焦点にする
幼子を連れた愁女への同調も
乳房のもった砂鉄の重みを蘇らせる
何もかもが物憂くなって
そこを萍が動く（見よ、）
私の肉が春めいて
馬肉化してくるのはともかく
嘶きの場所をどこにも見つけられず
無いものへの恋が
食欲とすら見分けがつかなくなって

私はただ自分の肉のなかへと落ちる
藪にも行かず　ただ藪のまえで
肉の迷路に嵌まりこんでゆく
てのひらも亡びの平野
近代の静脈が己れを編む
近隣の川の流域を
行く足に尽くして
何事か風月を越えない
むしろ埃っぽい風の蟠りに
花達磨がささくれ転がって
別の死角をこの花眼に言う
藪のなかに夏神がもう騒ぎ
朝からの脳酔いも
日輪の欠伸でころす
いくつ野焼きを　焼尽を

卑人となって越えたか
数を知るのはいつも
乾きたなびくおのが袖
ときに異装や女装をもって
花老とまで呼ばれ
さくらなす肉にも虻の通路
この即身がほとけだ
をんなが身に湧いて
一帯は厠と井戸の八角形
その中心で記憶に灼かれる
身が万緑となるには早い
惜しむすべてに恋色のこり
乾きたなびくおのが袖だ
花達磨とは路上で酌む
野に張った薄い水が甘露

魂なき胡坐姿を愛でて
茅葺めく笑いを嘉し
私も上っ張りを開いては
日の最初を蒸散する
いつが見覚えの陽炎
午前の川面のうえが
日輪の霊前となる
散るものあっての酣位
燕がそれを模倣する
落ちて　落ちてゆくが
落ちるまえの悉皆が
景色の厚みとも予行される
逆算の果てに桃源があるのか
春は戻るあやかしの
まぼろしの総和だ

一角が鳴りつづけている
あるじなき着物も
樹の高い位置にみえている
娘が酸っぱくなって
蓮華の面影で眠る
日足と同道しきって
凝然と停止したその脱魂
全身だらりの弛緩を
花鬼が路傍へ運んでゆき
すでに兆している肥臭に供す
眠りの解けぬ娘が
微風に延長されて物憂い
編まれた髪も幻覚する
もらう水手紙すら艶めいて
一帯の郵便箱が

風景の穴と認知される
私は花達磨の傍らで
自らの臍を温める
恋学生に春の下痢
文字読む者のゆかしさ
曇り硝子の眼鏡、その先には
面影の溶けた来信もある
ただの紙が像をもつ奇態さ
春の像も流れに流れ
春態は日なかの寝釈迦の
法衣や裾の滝つ瀬
落ちながら止まるすべてだ
最初の香り立つ氾濫が
昔の山名の麓を濡らす
身から放擲できぬ近代が淋しい

法則は季節推移のように不変
乞食の数で地の疲労が測られて
その疲労も成熟の計数だった
花世に乞食が殖えてゆく
退屈の世、袖を行き来する蝶
ゆらゆら体感だけが信じられて
抱擁の交わされる日曜もあるが
すべてのハグは他人の春のなかだ
身ズレの予感が私にも
これからの眼前をつくっている
歩けば歩くほど
身を置いてゆくから
そこにいえない言葉もある
不充足はおのが手足の数までも過つ
この不備をここで「ぐ」と名づけよう

「ぐ」が己れを流れて
「ぐ」がさくらを咲き初める
「ぐ」がはかなきものを手籠めにして
「ぐ」が手拭いを見得切って噛む
ぐぐぐ　ぎぎ
パウル・クレーのグリッドは
蒸散する春の再編成だな
ぐぐぐ　ぎぎ
歯車を自分で巻いて
自分で地に痕跡を蒔いて
いつも歩行時には
心臓も二つになるんだな
ひとり私は二人を歩く
繰り返す永遠の永遠を
ただ去ってよごす

私は生きたのか、脇道に
蒜《ひる》を捻りまくって
匂いする近代の指で
冥い己れを拭ったのか
ぐぐぐ　ぎぎ（淋しい）
花眼も花を視る眼に過ぎない
過ぎないのなら眼窩に
猫柳の絮を充たして歩く
腋毛が乞食以上に伸びた
不精の髭は恋よりも垂らした
にわとこの藪もすでに
倦む季節の理想
朝が終わった午前は
豹の眼も透明な緑に溶けだして
その豹柄へとろとろ流れだす

美しいものは食べたいとおもう
（食べられるかどうかは別にして）
このみどりぼしには茫々の鬱金
ターメリックで印度を望郷する
あらゆる郵便夫の立寄り場も
朝が終わって麻のように攪れ
森の入口が郵便受となるべく
招きの糸を湿らせているぐぐぐぎぎ
そこからこよりを捻って
馬や虫と一緒に
「己れ自身を読め」と何処からか
森の親書が囁いている――エポケー
中断とその後聊かの忘却こそが
書冊にしたしむ花老の習い
追憶をふやすのも此世を

四重奏として聴きつづけることだ
まわりのなかの瞑目が私
あらゆる円周は中心の悪意により
流れ去る季節のように霞んでゆく
聴覚の一角に複雑な影ができれば
やはり山菜をひかりのなかに摘む
をんなの嬌声も聴きたくなる
あれが無告の歌だろう
語彙もすべて植物でできている
とりわけ薬草の名の韻きが美しい
野の真中には厠があって
予想されるしゃがみと脱糞が淋しい
うすあかりの世は
風に乗って翔ぶ鳶を散らしている
脱糞のまえにすべて死ぬ種族と見る

天中寂寥を遙かにおもう
いまさらが飾られてゆく戴冠で
いたるところが夢殿だ
胸襟をひらく以上に恋学生も
女どうし菫を見せ合って
涙滴を惜しみだす春だ
惜しまないいなかの涙滴が
心の傾き　これが聴覚に似る
ぐぐぐぎぎと藪の衣擦れも聴える
衣擦れは衣擦れを見せ合いたい
退屈な鶏も春先からその鶏冠で
鶏頭の十四五本を炎やす
その予告の姿もケージの楽理だ
聴える、春神と夏神が見せ合う音が
聴える、羽虫が虹に変わる音が

聴える、浪が畏友の庵を浸す音が
音はひとつともなれるところが
歩きゆく先の宿場みたいで
夢やヴィジョンより本質的に淋しい
かけすの鳴く一声が
以後の沈黙を音楽化する
ふと音を発する自分も
可笑しくてたまらん
とりわけコロンと乾いた音がして
性交はオーデコロンを
飲んだことがないなと羞恥する
日に酩酊するただよいは
微風を孕んで膨れるただよいは
馬の誕生を喜ぶ旧家のほうへ
モギリ嬢のゆびの花吹雪のほうへ

稚魚の透って流れる
ホトの温みのほうへ
永遠の女の意外に痩せた黄色のほうへ
弁別が弁別でなくなる春田のほうへ
縦笛を横笛にして吹いた学童のほうへ
洗ったむつきのなか深い緑色で
呼び交わすまぼろしの鶯のほうへ
をんなの開いた脚に停まる柱時計の
最後のぐぐぐぎぎのほうへ
ただよいは　ただよう
繰り返す永遠の永遠を
ただ去ってよごす
童のような白魚で出汁をとり
そこにあらゆる花弁を浮べて
地上の曲り角を憶いだしつつ

椀物を豪胆に飲みつくした
永遠の春休暇　この円形には
ネガになった春も来ている
景観の光陰が裏返って
土に吸い取られた枯葉の長恨が
不定形な春の底を通奏する
かるいインテルメッツォを
指がかたどろうとしても
円形自殺の語も羅馬にあろうかと
横たわり頬杖をついてしまう
春にただ疲れて、ここは何処だ
早桜のしろく冷たい花陰
だとしてここは何処だ
包まれて繭の身となって
しろさのほうへ隠れてゆく

（外景の一部として死にたいのだろ）
以後の讃歌に潜り棲むように
現れ出ては消えてゆく
いっときの花弁、過去の薄片
讃歌は己れを奏でる讃歌となり
それも友なる白落の空
旅びとは時に沈み
動かずして
うごく

阿部嘉昭（あべ　かしょう）
一九五八年、東京生まれ。評論家、詩作者。『北野武 vs ビートたけし』（筑摩書房）でデビュー、著書多数。詩集に『昨日知った、あらゆる声で』（書肆山田）がある。「阿部嘉昭ファンサイト」http://abecasio.s23.xrea.com/

頬杖《ほおづえ》のつきかた

著者
阿部嘉昭《あべかしょう》
発行者
小田久郎
発行所
株式会社 思潮社
〒一六二—〇八四二 東京都新宿区市谷砂土原町三—十五
電話〇三（三二六七）八一五三（営業）・八一四一（編集）
FAX〇三（三二六七）八一四二
印刷所
三報社印刷株式会社
製本所
株式会社川島製本所
発行日
二〇〇九年九月二十五日